相遇在美好的时代

郑义林 著

当代世界出版社

图书在版编目（CIP）数据

相遇在美好的时代 / 郑义林著. —— 北京：当代世界出版社，2018.10
ISBN 978-7-5090-1441-7

Ⅰ. ①相… Ⅱ. ①郑… Ⅲ. ①散文集—中国—当代
Ⅳ. ① I267

中国版本图书馆CIP数据核字 (2018) 第194294号

书　　名：	相遇在美好的时代
出版发行：	当代世界出版社
地　　址：	北京市复兴路4号（100860）
网　　址：	http://www.worldpress.com.cn
编务电话：	(010) 83907332
发行电话：	(010) 83908409
	(010) 83908455
	(010) 83908377
	(010) 83908423（邮购）
	(010) 83908410（传真）
经　　销：	全国新华书店
印　　刷：	北京兰星球彩色印刷有限公司
开　　本：	880毫米×1230毫米　1/32
印　　张：	8.75
字　　数：	180千字
版　　次：	2018年10月第1版
印　　次：	2018年10月第1次
书　　号：	ISBN 978-7-5090-1441-7
定　　价：	45.00元

如发现印装质量问题，请与承印厂联系调换。
版权所有，翻印必究；未经许可，不得转载！

人生就是一场旅行

每一次行走

每一次遇见

都有不一样的惊喜

自 序

多元的时代，美好的相遇

大概是在半年多前，一次与友人谈论来深圳十年的所见所闻、所思所想时，友人听得心潮澎湃，鼓励我将过去十年写过的随笔重新整理，出版成一本散文集，将其作为自己青春的一个纪念，也是对这座城市、这个时代的一点记录。

思索许久，最终决定动笔整理。因白天工作十分忙碌，过去半年里，我几乎都是利用晚上的时间写作，有时写着写着，发现已是凌晨两三点。所以每天晚上，是我自己最喜欢的一个时刻。当我写累了，往窗外望时，竟然发现窗外所有的灯都关了，和自己灯光辉映的只有星光,以及远处海上亮着的灯塔。

我很热爱自己的工作,它为我研究和写作提供了非常多现实版的案例和素材,当然,我承认这样的工作也充满刺激,有时不得不面对无数创业公司的生生死死、死死生生。但是,当你能够领略、体悟这个领域精髓的时候,当你能够贡献你的价值的时候,就会得到一种鼓舞人心的精神满足,自己的能力也能够得到极大的发挥。正是因为心无旁骛、全身心地投入工作,才有更多的时间来做更有意义的事情,精神世界才是充实和欢愉的。

本书的书名反复修改,最后定稿时我取了《相遇在美好的时代》一名。为什么说这是一个美好的时代?

中国经历了几十年的改革开放,物质生活水平已大大提升,我们不再为吃饭穿衣发愁。我的父母是渔民,他们那一代人因为时代的原因,没上过学,甚至连自己名字都不会写,而我们不同的是,可以享受良好的教育,有着非常多的选择,可以选择自己喜欢从事的工作,可以去往自己想去的城市,甚至可以随时去往世界各地。如此多元的时代,有愿望可以去实现,有梦想可以去追逐。

当然,也有人说这是一个焦虑的时代,身边那么多人整天忙忙碌碌,满怀各种莫须有的焦虑和抱怨,为升学、为工作、为房子。其实,人完全不必随波逐流,做自己喜欢的事就好,最重要的是要行动起来。每个时代都会有成功者，任何职业都会有人达到巅峰，问题是你如何到达那里。答案很简单，就是你要始终抱有理想，并比别人多付出那么一点点，成功的大小和你的能力大小以及你倾注的超出常人心血的程度成正比。正如莎士比亚所说："人们渴求的不应该是天赋，而是坚强的意志。换句话说，人们不应只想着得到成功的助力，而要时刻保持勤奋劳作的毅力。"

本书分成四个篇章：《遇见人》《遇见城市》《遇见社群》《遇见美好》。全书以故事为线索，讲述过去十年间我在生活与工作中的所见所闻。这里有功成名就的商界领袖，也有正在创业的平常人的不平凡故事，同时也零星记录着所遇见城市的人文历史，对社群的理解，时代与商业精神等。在此要感谢各位受访的商界大咖和企业家，特别要感谢吴晓波老师。这些年我受吴老师的影响和启迪比较多，所以书中你会看到不少吴老师的影子和故事。

说到相遇，2018年的春晚，王菲和那英的一首《岁月》感动了许多人，也勾起很多人的青春回忆。那英唱到"我心中亮着一盏灯，你是让我看透天地那个人"时，很多人以为写的是爱情，而当王菲唱"我心中开着一扇门，一直等待永远青春的归人"时，才恍然明白，"你"指的不是爱人，是岁月。

20年前，王菲和那英相遇，《相约九八》；20年后，《岁月》，岁月还是在她们心里留下了痕迹。这首歌是王菲和那英一起写的词，词里没有一点悲伤，没有刻意煽情，只用"云很淡，风很清，任星辰，浮浮沉沉"13个字一笔带过这喧闹的二十年。这份克制，难得。再伟大的人，都会老去；再眷恋的关系，都有曲终人散的时候。重要的是，珍惜生命中的每一次遇见，珍惜眼前人，心中无黄昏。

  本书是对岁月的记载。如果放大到人类的历史长河，我们都十分的渺小而平凡，就如浩瀚宇宙中的星辰微粒一般，而在这星辰之下的人世，总需要一个个平凡的记录者，细细描绘着星图与每一颗星光曾划过的痕迹。这或许也是我的理想。

  是为序。

郑义林

2018年6月18日

目 录 CONTENT

Part 1 遇见人

我眼中的吴晓波 **004**

公益人王石 **014**

遇见董明珠 **032**

正能量侠客林正刚 **042**

我看唐骏 **051**

纪念杨文捷 **059**

徐宁宁沉寂八年 **072**

Part 2 遇见城市

历史不该忘记蛇口精神
086

香港的天星码头与雪糕车
099

香港为什么迷茫？
104

台湾味道
113

鼓浪屿：生活在别处
128

清迈，小城故事多
133

不朽的日内瓦精神
140

美好的回归：布尔格·La Garde 庄园
145

Part 3 遇见社群

社群的自由：『真爱』与『真不爱』
156

社群之美：平衡的哲学
164

创始人精神
170

学习能力是人生最大的财富
181

『老板』是个孤独的职位
187

我与深圳这十年
194

Part 4　遇见美好

致风中飘扬的青春　214

我的大学　221

《腾讯传》　230

致敬改革开放40年　242

寻找生命的意义　254

寄语　264

Part 1

遇见人

相 遇

在 美 好 的 时 代　　　　　　　　　　　　　　　P. 003

我眼中的吴晓波

　　他不企图当一个坐拥财富的企业家，只凭内心深处的召唤，超脱于世俗之上，用心呵护着中国商业时代的星点烛光。

　　"义林，我正在做人生中非常重要的一件事情。5月份我刚开了'吴晓波频道'，一个月就有了30万粉丝。"2014年7月，在送吴晓波老师去惠州"博商大讲堂"的路上，吴晓波用一副极其兴奋的语气告诉我。那时，微信公众号虽已兴起，但财经自媒体领域似乎一直处于不温不火的状态。

在美好的时代

"办一份自己的报纸,一直是我的梦想,而30万订阅用户,相当于办一份报纸。"讲到数据和对未来的规划,让我记忆深刻的是吴老师最后的总结:"财经自媒体是一个风口,我一定要抓住它。"

如今,"吴晓波频道"上线短短三年多时间,粉丝数已接近三百万,被公认为中国最具影响力的财经自媒体之一。这些成绩和吴晓波当年的预言遥相呼应,彰显出他惊人的趋势预判能力。

一

我和吴晓波老师的相识要追溯到2012年。当时,蓝狮子财经出版中心想要拓展深圳市场,在深圳设立了分公司,刚上任的分公司负责人经人引荐前来拜访博商会。当我得知蓝狮子的老板是吴晓波时,心里迟疑了会儿,因那时吴晓波的名气并没有现在这般如雷贯耳,脑海里朦胧闪现的是他写过的《大败局》。

也正是这样一个契机,我便确定了邀请吴晓波前来博商名师大讲堂演讲和合作出版一本关于博商会的图书这两件大事。

2012年7月18日,博商名师大讲堂在深圳保利剧院举办,按照约定的时间我去接吴晓波。当天，他戴着一副无眶眼镜身穿白色衬衫和黑色西裤，戴着一副无框眼镜，说话慢条斯理，透出一股儒雅和文人气息。在面对八百多位民营企业家时，他有些紧张，脸部表情有些僵硬，演讲主题是《中国改革史上的2012》。虽有八百人到场，但报名者大多数不了解吴晓波，加上他"教授式"的演讲风格，当天反响一般。

晚上我给吴晓波老师组了个小型饭局。两杯红酒下肚，吴老师的脸涨得通红，但他的思维逻辑却依然清晰，仍然保持着商业财经作家的敏感度和观察力。他满是好奇地追问，博商会的历史，与清华的关系，会员的构成，组织架构，以及理想愿景等话题。可惜，饭桌上并没有足够的时间讨论。

这个问题的答案，直到2012年9月，吴老师同蓝狮子团队一同来为博商会讨论出版图书时，我才有机会详细介绍，一边泡着潮汕功夫茶，一边回顾式地讲述着博商会的发展历程以及未来想做的事情。我说："博商会想要打造一个会员除家庭、企业之外的第三度空间，打造低成本交易平台，构建一个商业文明体系，让更多的中小民营企业在这个平台和体系里能够真正互利共赢、资源共享。"循着我的想法，他一锤定音："那这本书书名就叫《商界理想国》吧。"晓波老师认为，柏拉图式的社会组织刚好与博商会的理念不谋而合。

时隔数日，我特意去拜访了蓝狮子在深圳的办公室。在一间偌大的办公室墙上，摆满了近年来蓝狮子出版的图书，每一本都是财经类的畅销书。整个明亮的办公室散发着一股书香气息，令人心旷神怡。和我料想的一样，博商会要出的第一本书，会在这里诞生。不负所望，《商界理想国：追求当代商业之美》出版流程很顺畅，2013年1月，在深圳会展中心举行了隆重的新书发布会。

二

一生中，我们会遇到无数人，有些人擦肩而过，有些人则会像一根藤蔓，因为有相似的生长方向，交集便会越来越多。

2013年4月，吴晓波老师邀请我和博商会当时的核心领导石坤山、陈万强、郭晓林等人，一同前往杭州，参加吴老师同凤凰卫视吴小莉的对话，主题是《与卓越同行》。

参观完蓝狮子杭州总部，吴老师和他的太太邵冰冰女士与我们共进午餐。几杯白酒下肚，吴老师开始讲述他与邵总的故事。

妻子邵冰冰和他可算是青梅竹马，同在浙江大学的校园里长大，中学同学。吴晓波从复旦大学新闻系毕业后，进了上海新华社社杭州公社工作，担任一名记者。因为爱情，吴老师从新华社杭州公社辞职回到与邵冰冰一起长大的城市杭州，戏剧性的是，他又入职了杭州新华社。在这座风景优美的城市，两人结婚，日子倒也过得滋润。

1992年6月5日，南京一家报纸登载了一条出人意料的消息，报道当地食品卫生行政监督部门宣布娃哈哈果奶为不合格产品，不符合1989年制定的国家对含乳30%以上的饮料标准，因此被禁止经销，违者被没收产品并重罚。此消息被多家报纸转载。

作为一名财经记者，吴晓波经过一番调查后公开发文，认为娃哈哈果奶是新产品，它应由企业自定标准，即使按照老标准要求，娃哈哈果奶也仅有一项脂肪含量略低。7月6日，南京市委及卫生局的负责人都在协议书上签字，确认娃哈哈果奶是合格产品，应还以清白。

这件事，吴晓波在一定程度上拯救了娃哈哈的媒体公关危机。事后，宗庆后找到了吴晓波，在表达感谢之余，提出了一个让吴晓波想都未想的"回报"。

"晓波啊，当个记者赚不了几个钱，这样吧，你去开个工厂，我把娃哈哈的所有瓶盖订单给你做。"宗庆后的一句话，让吴晓波顿时不知所措。

这是一桩稳赚不赔的生意，感觉像是天上掉下馅饼。

一方面是成为一名企业家从此发家致富，一方面是继续做财经作者与笔杆子打交道，吴晓波第一次面临人生重大的抉择。回到家里，晚餐过后，晓波老师非常严肃地与太太商量白天发生的一切。思量片刻，邵冰冰并没有给过多的建议，只是告诉他，去做自己喜欢的事情。

对吴晓波来说，写作是他一辈子离不开的事情。此时吴晓波想起他的人生偶像，美国新闻评论家和作家李普曼的一番话。

1959年9月22日，李普曼在他的70岁生日宴会上说："我们以由表及里、由近及远的探求为己任，我们去推敲、去归纳、去想象和推测内部正在发生什么事情，它昨天意味着什么，明天又可能意味着什么。在这里，我们所做的只是每个主权公民应该做的事情，只不过是其他人没有时间和兴趣来做罢了。这就是我们的职业，一个不简单的职业。我们有权为之感到自豪，我们有权为之感到高兴，因为这是我们的工作。"

"因为这是我们的工作。"每次吴晓波读到这句话时，他都能感受到内心坚定的声音。

后来有一次，吴老师分享他写中国商业史的机缘。2004年他在哈佛大学肯尼迪学院做访问学者的时候，最常去的地方是学校的图书馆。当时他发现，在全美最大最全的大学图书馆里，几乎能找到任何一个学科的书籍，唯独找不到一本完整介绍中国商业史的图书。他觉得很悲哀。作为财经作者，他有责任和义务填充中国商业史的空白。

回国后，吴晓波把蓝狮子交给太太邵冰冰打理，自己把大半时间投入到中国商业史的梳理和写作中。功夫不负苦心人，《激荡三十年》《跌荡一百年》《浩荡两千年》《历代经济变革得失》等畅销财经作品先后问世，从此，"吴晓波"这一名字与中国的商业史紧紧相连。

后来，博商会每年举办大型活动时，都会邀请这位老朋友出席，而我也常常开玩笑说："吴老师，这些年，您看着博商会一点点发展壮大，我们也看着您越做越强，苟富贵，勿相忘。"

三

从记者、财经作家到开办蓝狮子财经出版中心，到自媒体"吴晓波频道"创始人，再到现在中国商业明星，还是头头是道基金投资人，甚至是未来上市公司的老板。我几乎见证了吴晓波的每一次成功转型。

青年时代的吴晓波，身上充满着人文主义情怀，并极具社会责任感。2009年，他被《南方人物周刊》评为年度"中国青年领袖"。《周刊》评价他说，不企图做一个坐拥财富的企业家，只凭内心深处的召唤，超脱于世俗之上，用心呵护着中国商业时代的星点烛光。正如他的自述："我想要做一个介入的观察者，独立于各个阶层之外，不被财富左右。"

吴晓波更是一个学习者和深度思考者，不停地更新认知体系，不停地迎合时代。他几乎抓住了每一次风口起飞的机遇，把未来趋势玩弄于股掌之中，可谓是被"风口选中的男人"。

今天，成为商业名人的吴晓波，也受到了许多不同声音的评论。从2015年开始，他在"吴晓波频道"上卖吴酒，办年终秀，代言广告，搞培训，出场费高达数十万元。"吴晓波频道"少了些原创文章，多了些商业广告，每年出版的有价值的图书越来越少。很多人开始批评吴晓波过度商业化，已经不再是当年那位充满正义感的知识青年。

客观来说，每个人在不同的人生阶段有着不一样的定位和目标，无关对错，做好自己就好。无可否认，吴晓波完善和填补了中国商业史的空缺，为中国企业家阶层发声。今天的吴晓波，同样值得尊重。

但内心深处，我仍常常怀念第一次见到他的样子，那一身标配的黑色西裤、白色衬衣和一副无框眼镜，以及那副腼腆的笑容。

没有距离，平易近人，那感觉真好。

在美好的时代　　　　　　　　　　　　　　P. 013

怀念第一次见到吴晓波（右）的样子，那一身标配的黑色西装，白色衬衣和一副无框眼镜，加上有些腼腆的笑容。摄于2012年7月18日

公益人王石

"我是我自己的远方,走过世界最高的云端,谁在美丽的云端,谁在凝望家乡,雪和太阳,在我头顶寂寞燃烧的光芒,乘着我的翅膀,飞回远方。"

——王石

每个人都有自己内心的地图,这份地图秘不示人,却处处可见。当外界看不懂这个人的行为轨迹之时,如果有幸能看见这份地图,那么一切都不过是有迹可循。罗素说:对爱情的渴望，对知识的追求，对人类苦难不可遏制的同情，是支配我一生的单纯而强烈的三种感情。而对于乔布斯来说，生活与工作是同一件事情，把自己脑海中的图景创造出来，那便是最大的现实。

王石有言，"我是我自己的远方，走过世界最高的云端，谁在美丽的云端，谁在凝望家乡，雪和太阳，在我头顶寂寞燃烧的光芒，乘着我的翅膀，飞回远方。"说出这番话之后，这个在常人眼中行事不拘一格的企业家，内心轨迹悄然凸显。

初识王石

和王石先生相识是在 2016 年 4 月 26 日。当时，深圳市社会组织总会五届一次理事会在深圳三诺大厦召开，王石先生作为深圳市社会组织总会的会长，现场授予博商公益基金会"深圳市社会组织总会副会长"荣誉。我作为代表接受荣誉。

第一次见到王石先生，觉得他特别的儒雅、平易近人和健谈。

当时，媒体正聚焦于"万宝之争"，王石正处于舆论风口。立场角度不同，媒体评价褒贬不一。若要真正认识一个人，莫过于与其近距离交谈。在理事会当天，王石先生的一段发自肺腑的话，让我更清晰地认识了这一位影响深圳的公众人物。

"只要有利于深圳的发展，深圳又需要我的事情，我都乐意去做，希望总会可以凝聚全市社会组织的力量，真正发挥总会作为全市综合性、枢纽型社团的作用。深圳是社会组织发展最为迅速的城市，应当成为全国社会组织发展的典范。"

当一个人的身份与地位提升到一定程度，社会角色与社会责任必将落于其身。正所谓"能力越大，责任越大"。面对媒体的渲染，王石依然把重心放在自己重视的事情上，并不为舆论所左右。

看人，不需要看其说了什么，而看其做了什么。在此半年之前，在深圳社会组织总会五届一次会员代表大会上，王石先生以77%的得票率当选为深圳市社会组织总会会长。在随后的任职期间，王石兑现了自己的承诺，投入了很多时间参与和组织深圳社会组织的各项工作。在我看来，他是一位信守承诺的人。

与王石相识始于深圳社会组织总会的工作，而真正了解和接触王石先生却开始于深圳市红树林湿地保护基金会。

2016年下半年，我多次受红树林湿地保护基金会的邀请，参加他们举办的各种保育工作和慈善晚会。工作中，王石先生始终是亲力亲为、以身作则。保护红树林湿地并非其必要工作，但王石先生的主动与积极态度却让我疑惑。

有一次，王石先生谈起他的公益之路，他讲述了这样一个故事。

2002年，王石为实现个人的攀登山峰的"野心"，给自己定了个"7+2"的目标，所谓"7"即是攀登世界七大洲最高峰，"2"则指南极和北极。2002年年初，他开始了第一个小目标：非洲最高峰——乞力马扎罗山。

这座山给王石留下了非常深刻的印象。乞力马扎罗山位于赤道附近，其呼鲁峰海拔5895米，是非洲最高的一座山。海明威的小说《乞力马扎罗的雪》里描述这座山峰常年积雪，但是令王石惊讶的是，从攀登开始一直到顶峰，始终没有看到雪。雪都下哪里去了？

王石很快找到了答案：因为气候变暖，导致积雪融化了。

"这实在是令人担忧！按照专家的预测，在30年之内，乞力马扎罗的雪会完全消失。"王石叹了一口气，"但是在乞力马扎罗下面的东非平原上，很多农场依靠的生命之源的水，就是乞力马扎罗山上化的雪。如果雪消失了，就会对依靠乞力马扎罗水源的居民产生灾难性的后果。"

正因为这样的经历，王石开始关注自然变化，关注自然变化与人类的关系。作为一个人，作为一名企业家，王石开始关注自然变化与自己、与万科、与中国的关系。找到联系并不难，因为全世界被砍伐的森林，50%的木材被运送到了中国。气候变化和碳排放有关系，和吸收碳排放的森林被砍伐也有关系。因为大部分森林被砍伐掉了，它就不再吸收碳了。

"而被运送到中国的木材消费到哪里去了呢？70%的木材消费在建筑工地上，70%的建筑工地是住宅工地，而万科是中国乃至世界上最大的住宅开发商，难道与自然变化没关系吗？那应该怎么办呢？"

找到了这个联系，王石便开始走上了公益的道路，开始研究自己和环境的关系，人类如何与自然和谐共处。

2012年7月，深圳市红树林湿地保护基金会成立，一个新的民间公募基金会诞生了。王石是发起人之一，担任基金会的联席会长。

"我们现在就要行动起来，不仅仅是保护深圳的红树林，还要保护浙江的、福建的、海南的、广西的，甚至是东南亚国家的。保护好我们的绿色环境，这是我们的行动。"在红树林湿地保护基金会的成立大会上，王石号召全社会行动起来。

这便是该基金会的缘起，也是王石主动参与环保公益事业的原因。时值 2017 年年初，博商会承办第二届深圳市民营企业家春晚，我邀请深圳市红树林湿地保护基金会作为协办单位，也邀请王石先生出席。不巧那段时间他在国外出席会议，于是提前录制了一段视频，号召深圳的企业家朋友都来关注地球的生态保护，关注城市的湿地保护，共同建设美好家园。

君子讷于言，而敏于行。

此言诚哉。

王石公益之路

与很多中国商界财富大亨相比，那时王石的财富并非人们想象得那么多。他从未登上过各类富豪榜，仅仅拥有市值不到一亿的万科股份。在参与公益的行动上，王石显然不会走少数财富大亨的道路，更不会走大多数企业家所选择的沉默应对的道路。

对于整个商界来说，王石先生的物质财富并不是最高，但其个人影响力却可以称得上最为深远。有一次，王石和我们讲了第二个故事。

2007 年，他与华大基因创始人汪健先生相约穿越"死亡之海"罗布泊。这里曾经是湖泊,但由于气候和人类对大自然的滥用,已经干枯了,见底了。按照历史资料记录,罗布泊的温度最高不会高过42度。

"很不幸,我们穿越的第一天,温度就达到了49度,第二天52度。这里说的是空气温度,如果你想知道地面温度有多高,地上放个鸡蛋就可以煮熟,你就可想而知。所以那次他们差点儿没能走出来。"

说到当时的情景,王石回忆起来还有些后怕。地球的一边,雪山在不断融化;而另一边,地面温度却在不断升高,沙漠化严重。

最后一个故事发生在2005年。为了完成"7+2"目标,那一年王石与七位同伴从南纬89度出发,徒步穿越南极。

"我们知道沙漠是高温,南极是低温,所以穿得很厚。虽然南极很冷,但是已经不像你想象的那么冷了。"王石记得很清楚,他到了极点之后很想表现一下与众不同,于是开始脱衣服,一件一件脱,一直脱到赤身裸体,在南极的冰天雪地赤身待了20分钟。

"这就是南极,已经不像你想象的那么冷了。这就是现在的自然环境。我们如何来面对?如何来解决?"

接着，王石进行总结："在大自然面前，人类从来都不曾征服过。每到一定时候，大自然都会以自己的方式进行反扑。长江中下游的水患，那是大自然有意识的惩罚；而印度洋海啸，则是大自然无意识的灾难。在大自然面前，人类始终是弱小的。"

若说企业的成功会给人带来无上的成就感，感觉自己无所不能，那么在大自然面前的无力感，则更让人清醒。天时地利人和，若不能顺势而行，再大的成功在自然环境面前也不过昙花一现。

正是因为跳出了企业家的思维框架，完全是以自然人的身份去感受这个大环境，所以王石比一般的企业家更急切地想要去做公益，更多发挥自己的影响力亲力亲为地去做一些事情。

不论是出版书籍，还是发表演讲，王石从来不以个人高调为目的，而是用自己的声音去提醒更多的人关注环境、重视公益。这也是为何王石财富不是最多，但知名度与公众影响力却排得上中国企业家前列的原因。

群众的眼睛是雪亮的。王石所为，功不唐捐。在环境保护等公益事业越来越受到社会关注的今天，王石并不寂寞，他得到了大量拥趸，也促进与办成了各类公益活动。但在最初，他也有过一段学习经历。

2004年王石加入阿拉善SEE生态协会，这是他作为一名企业家试图参与社会改革的最早尝试。最初他是被创始人首创公司董事长刘晓光拉进去的。在这个为内蒙古阿拉善盟治理沙漠化的公益NGO，王石的态度很快从学习转为积极参与，从被动转为主动。他对环保事业产生了浓厚兴趣，后来经过竞选成为阿拉善第二任会长。

阿拉善生态协会拥有100多位知名企业家，既有大陆的，也有港台的。王石坦言，参与这个组织让他对公益有了较多的认识和理解，尤其是从台湾籍会员身上所学甚多，因为台湾企业家有着更强的公益文化和更丰富的公益实践经验。那时国内的公益实践还属于摸索期，王石的亲身参与让他获得了很多的经验与心得。

任何事情都不会一帆风顺，后来2008年"捐款"言论事件，王石看到了他的社会影响力比他想象的要大，企业的影响力也比他想象的要大。反思之后，除了说话更加慎重之外，他开始更积极地扮演一个社会公民的角色，而不是一个仅仅知道赚钱的商人角色。他找到了推动社会改革和公益行动的感觉。

按照马斯洛的五大需求来说，人有生理需求、安全需求、社交需求、尊重需求和自我实现需求。30多年前，改革开放的序幕刚刚拉开，王石来到广州，在政府工作，然而短短几年后他抛弃了铁饭碗，选择了即将造就神话的深圳特区，一头扎进了创业浪潮。20多年后，他把万科带向了千亿级规模。如今，他将推进社会改革的事业也选择在这里。伴随个人的提升，王石开始进入更大的公益舞台，开始寻找实现自我价值的路径。

2008年后，王石成立了万科公益基金会，接着又参与成立深圳壹基金公益基金会和深圳红树林湿地保护基金会。显然，这与他参与阿拉善生态协会有着因果上的联系。

2011年1月，深圳壹基金公益基金会成立，宣告它从李连杰时代公募基金会旗下的一支专项基金，转变为中国第一家民间公募基金会。创始人李连杰功成名就，选择退隐。王石则走到台前，担任壹基金执行理事长。他还把在阿拉善协会的老搭档杨鹏一并找来，担任他的秘书长。在他的主导下，壹基金开始借鉴阿拉善协会的多年经验，在转型中阔步发展。此后，尽管王石经常在美国访学，但只要是壹基金的重大活动，他都会专程回国参加，以示支持。

此时，王石周围已经聚集了一批公益企业家，以他为中心，以阿拉善协会、壹基金、红树林基金会为平台，推动环保，推进社会与环境的良性发展。就这样，王石的公益之路从幕后走到了台前。

在王石参与公益行动的同时,也总会出现质疑的声音,认为他并没有做出多少贡献,反而获得了慈善家的名誉。为此,他并不争辩,只是感慨:"也许我们改变外部环境的作用微不足道,但通过参与环保活动,我们改变了自己。"

当人们都在诅咒黑暗时,王石悄悄地点燃了蜡烛。

很多时候,随心而行,答案总会水落石出。

公民责任推动者

怀疑与否定可能会令人踌躇不前,但坚持初心是唯一的解决办法。

2008年汶川地震,万科员工共捐款200万元,王石发表言论,认为员工捐款应该量力而行,"以十元为限"。此话一出,犯了众怒,万科股价应声下挫。后来,王石亲自公开道歉,并且万科又追加捐款一亿元。

经历了2008年的捐款言论风波后,王石变得更加成熟了。多年后,再度提及此事,他的回答很平静。

"2008年我遇到那种情况,压力非常大,负面舆论大,心里想不通。但现在再回过头看,那个事反而比较简单。在中国做公益，公共空间本身不够大。传统的中央政府大包大揽一切，民间的公共空间很窄。现在到了公民社会，更多的公共空间由民间来做。既然是走在前面，言论对错是一回事，本身就会遭到质疑、误解。"

做别人未做过的事，争议总是如影随形。这个新媒体发展日新月异，传播速度极强的今天，或许王石只是简单地想表达"行有余力则行善"这样的意思，但却被曲解了。但王石却从不会因为怕被争议而沉默，与个人的争议相比，他更在乎是否说出了内心的话。"在一个民族需要激情的时候，我说了句理性的话。"

他认为，企业家现在掌握着主流话语权，应该在社会改革方面起到一定的推动作用，体现公民的责任。

"改革到现在，政治改革由政治家、学者他们考虑和推动。作为企业家，现在又掌握着主流话语权，我们应该在社会改革上面进行推动。"王石说，"所谓社会改革，就是不但把自己的企业做好，还要体现公民的责任。"

"如何让社会更美好？我们是抱怨呢，还是等着中央来决定、来改变呢？还是首先从我们自己做起？如果每个人都做起来，社会自然就改变了。能力有大小，你尽自己的能力。你是企业家,当然要尽企业家的能力。不要总是认为,这应该是别人做的,应该是上面做的。"王石说。

"我们每个人都是一股涓涓细流。"他这样感叹。

不辞细流,方成海。这种对个人荣辱的淡化,让王石有别于中国的大部分企业家,也让他拥有了更多的个人标签。

企业家精神倡导者

这种个人标签,让王石成为公众印象里一个具有鲜明性格的企业家。

当"企业家精神"这个词被讨论得越来越多时,王石成为了这个话题者必谈及的一位企业家。

2017年9月8日,中共中央、国务院下发《关于营造企业家健康成长环境弘扬优秀企业家精神更好发挥企业家作用的意见》,9月25日新华社全文刊发,顿时激起千层浪,在企业界持续发酵。该《意见》被企业界认为是中共十九大前夕中央给企业家发了个特大"红包"。

王石喜出望外,透过媒体传达了他的感受。"《意见》把弘扬企业家精神与实现中华民族伟大复兴联系在一起,体现了企业家的家国情怀,一定能培育和发展壮大更多具有国际视野和国际影响力的世界级企业家。《意见》虽然来得晚了些,但总算是来了。"

王石认为,这是建国60多年来中央首次以官方文件形式认同和倡导企业家精神,是对中国企业界的莫大鼓励。他甚至呼吁把9月25日定为"中国企业家精神日"。

王石谈企业家精神,总会从几个故事讲起,第一个故事是他六上哀牢山。

2016年11月5日,王石带领着深圳社会组织总会及红树林湿地保护基金会的一群企业家再上哀牢山。"我每次来不能说是看望他,应该说,每次都是带着崇敬的心情来取经的。"从2003年第一次到哀牢山拜访褚时健,王石已经是第六次来了。从果树只有膝盖高,到如今果林茂密,果实累累,时光不经意已经过去了13年,王石成了褚时健橙子种植事业的特殊见证人。

15年前的2003年,正是王石第一次登顶珠峰的年份,是他作为董事长的万科集团急速发展的阶段,更是他人生高歌猛进的时候。那一年他52岁,是从最有风采的城市深圳走出来的最有风采的企业家;而对于褚时健,则是人生又一个起点的阶段。当时他出狱并没有多久,刚刚"躲到"哀牢山来。他在前一年才把果园完全承包下来,刚规划好土地,果苗也刚种下去。这个在多年前还被称为"烟草大王"、风光无限的国企掌门人,现在已经成了种果树的农业人。那一年他 76 岁,年过古稀。

在《我为何崇敬褚时健》一文中,王石说,褚老身上集中体现了中国企业家的一种精神,一种在前进中遇到困难并从困难中重新站起来的精神。他把褚时健称为"影响企业家的企业家"。

2015 年 12 月,《褚时健传》新书举行发布会,王石出席并发表了"从褚时健看中国企业家精神"的主题演讲,通过褚老的故事分享了他对企业家精神的理解,重点讲了几个关键性:第一是反弹力,一个人跌倒以后,不是看他能不能站起来,而是看他的反弹高度;第二是工匠精神;第三是企业家的尊严,人的尊严。

在王石的心里,褚时健是中国企业家里不可忽视的精神存在。

王石谈到企业家精神时,第二个是关于"吃鱼翅"的故事。

"2009 年,我和一些朋友们响应一个国际环保 NGO 野生救援 Wild Aid 的号召,一起发起拒吃鱼翅的倡议。当时就有位企业家说，这个我不能签，比如我跟某领导吃饭，领导要吃鱼翅，我能说我不吃吗？我的生意还要不要做了？"

这位没有签字的企业家，他所创办的企业在过去几十年里，从产品到技术到管理，都走在中国企业最前沿，但在拒绝吃鱼翅这件事上，却没有展现出应有的企业家精神。企业家除了要相信自己是值得被尊敬的，更需要以企业家的身份承担起应有的社会责任。

第三个故事是关于万科"不行贿"的底线。

万科从成立之初就有个原则，叫"不行贿"。当时有人问王石，不行贿怎么做房地产生意？结果事实证明，万科不行贿，不仅做成了房地产生意，还做成了全球最大的住宅开发商。

"个中辛酸，不足为道，但是最后我们坚持下来了。"

王石认为，很多时候，中国企业家的社会地位与我们对自己的心理期许有关。想要获得社会的承认与尊重，首先要相信自己是应该获得社会承认与尊重的。时值《意见》发布及中共十九大召开，王石感叹："这令人鼓舞的、最值得企业家为之奋斗的时代来临了，时代给了中国企业家最好的历史机遇。"

不可与夏虫语冰，但若连说都不说，又岂知对方是不是夏虫。或许王石不断疾呼公益、不断倡导企业家精神的原因就在于此。虽然最初回声寥寥，但岂知丝毫无作用？

在这个时代里，总需要一些先行者。有的人看见的是一位个性丰满的王石，但有的人看见的却是个脸谱化的王石。这便是时代的局限性，公益的进步是一步一步走出来的，企业家精神也是一步一步完善出来的。

行者无疆，这位52岁登顶珠峰且是中国登顶珠峰年龄最大的登山者，在西藏青朴创造了中国飞滑翔伞攀高6100米的纪录的挑战者，在66岁之时选择退休的企业家，便是王石。

不断挑战无数不可能的王石，其本人经历或许是对公益最好的注解，也是对企业家精神最佳的诠释。

心有地图，慷慨而行。

在美好的时代

身处『万宝之争』漩涡中的王石（左），精神稍显疲倦，却一脸坚定。

遇见董明珠

　　董明珠，她像堂吉诃德般人物，在时代的风口上为中国制造摇旗呐喊。她是怎么样的人，便做什么样的事；认清什么样的理，便成为什么样的自己。

2017.07.07，这一天

　　2017 年 7 月 7 日早上，董明珠坐着最早一班渡轮，从珠海到深圳，开始了忙碌而紧张的一天。先是赶往医院看望格力的一位退休老员工，中午简单用过午餐，开始赶往宝安体育馆。

这里有一个重要的活动，3500名来自珠三角的民营企业家等待着她的专场演讲。这场演讲的主题是"初心与匠心，董明珠谈中国智造"，由清华博商会主办。

中午时分，董明珠感觉身体有些不适。"老毛病又犯了。"她助理跟我说。

接到董明珠的一刻，她脸色憔悴，嘴唇发白，看起来很疲惫。原本我们安排的会前媒体采访全部取消，把采访贵宾厅临时改成休息室。

15分钟的短暂休息，董明珠很快恢复了精神。我们安排了"15小时"场合服饰的马氏三姐妹等在一旁，准备给董大姐进行演讲前的服饰搭配和梳妆。要知道，这位中国家喻户晓的商界女强人，平日里衣着朴素，不爱打扮。

2点50分，全场听众主动打开手机手电筒，几千盏小亮灯犹如繁星闪闪发亮。董明珠在千呼万唤中登台，全场掌声持续了15秒。这是深圳的企业家对这位中国制造业的代言人最大的尊重。

台上的董明珠，精神抖擞，铿锵有力，与上台前判若两人，这也许就是领袖的魅力。90分钟的主题演讲，讲述了许多精彩故事，赢得了无数次掌声。

主题演讲后,是一个跨界对话。金蝶软件创始人徐少春、泸州老窖董事长张良、海底捞创始人张勇、腾讯众创空间总经理王兰、博商学院院长曾任伟,与董明珠展开了关于中国智造的主题对话。

下午五点半,活动圆满结束,接受完媒体短暂的采访,董明珠马不停蹄地赶回珠海,又接见了一个访问团体,团员大多是来自香港、台湾等地的年轻人。

这就是董明珠一天的安排,忙碌而充实。

2017.08.31,那一天

2017年8月31日,博商百人汇一行50余人,来到珠海,当天的行程是参访珠海银隆和格力,并有半天时间安排与董明珠进行面对面深度学习交流。

彼时,珠海刚刚经历了史上最强的两次台风的洗礼,整座城市一片狼藉,街边树木东倒西歪,很多小区停水停电,城市面貌亟待恢复。

早上10点,我们走进了银隆新能源。这家原本名不见经传的新能源企业,因为格力收购案和董明珠押上全部身家,而一夜走红。董明珠想要做新能源汽车的梦想早已不是什么秘密,但要造出世界级的新能源汽车，首先要解决的就是电池问题，自从她联合王健林、刘强东进入新能源领域以来，银隆开始成为新能源关注的焦点。尽管在不久前格力电器收购银隆的计划失败，但这并没有让董明珠气馁。在董明珠看来，储能产业是国家战略行业，有助于实现中国制造的强国梦。

上午考察期间，我们参观了银隆新能源珠海产业园展厅，乘坐银隆生产的仿古铛铛车，参观了电池生产车间和电动车全流程生产线，了解了银隆的发展历程、钛酸锂材料、电池、储能、新能源汽车以及智能监控平台。

中午，我们来到格力，在格力总部大厦用餐，感受董大姐每日四菜一汤的规律生活。简单休息后，参观了格力空调生产线和国家实验室。

下午3点半，董明珠在她的会议室接见了我们。这次见面感觉她的精神状态非常不错，面带微笑，和蔼可亲，还很主动地与大家打招呼。

大家很放得开，许多话题问得很直接，董大姐也毫无保留地回答。原本计划90分钟的交流，足足延长了一个小时。

结束前，我们邀请董明珠为博商会题字赠言。她思索片刻，挥笔题字"愿我们的努力，能让世界变得更美好"。那一刻，所有人不约而同地鼓起了敬仰的掌声。临别时,她还叮嘱助理要把当天交流的对接事项落实,承诺的就要做到。

那一天,让我见识到了一个不一样的董明珠。平和,温柔,甚至可爱。

儿子眼中的董明珠

董明珠生于江苏南京,30岁时丈夫因病去世,为了养家糊口,6年后她将8岁的儿子托付给母亲抚养,独自一人南下闯荡,从小小的业务员一路走到今天。

三十多年来,董明珠一直没有再婚,为了事业,她舍弃了一个女人对家的渴望。如今儿子已经长大成人,可是并没有跟她生活在一个城市。已经63岁的董明珠,早已习惯了一个人的生活。

董明珠的儿子叫阿东,媒体很少报道,网上也很难找到一点资料。董明珠对儿子保护得很好,而且阿东非常低调,甚至连他身边的朋友都不知道他是董明珠的儿子。

身为富二代,阿东本可能是众星捧月,开着豪车,住着洋房,周围美女如云。然而事实上却截然相反。他没有女朋友,开着十几万的车,工资月薪不到一万,连房子都是租的。

说起阿东，董明珠提到的第一个词就是"自立"。儿子很自立，从来不依靠她，也有自己独立的思想和判断。"我没有怎么教育他，我觉得他就是靠自己，他识别是非对错的能力特别强。你想，从中学到大学，他都没有让我去过他的学校，也没有老师找过我。"

董明珠时常会因为陪伴儿子时间太少而愧疚，担心在阿东眼中妈妈就是个工作狂，除了工作还是工作。而对阿东来说，生活就是生活，工作就是工作。但阿东还是希望妈妈不要那么拼，用他的话来说："妈妈这辈子还没有真正享受过生活。"

"他不在珠海，每年重要节日会回来陪我，但每次相聚的时间很短。"平时很霸气的董明珠，在谈到儿子时，眼角泛着泪花。她的助理说，每次阿东回家，她都会亲自下厨，给儿子做他最喜欢吃的菜。

除了格力，最让董明珠骄傲和自豪的就是她的儿子了。虽然阿东目前只是个普普通通的年轻人，但过得很充实、很独立。每次提到儿子，一脸严肃的董明珠脸上总是会绽开美丽的笑容。

为母则刚，当年被生活逼到角落的慌张，如今已经化作了胸有成竹的底气。但那份深藏在血脉里的母爱，却依然存在于这位商界女强人的心中。

她只希望他快乐、充实，只希望他成为自己。人人都说董明珠强势，但从这个角度，一切传言烟消云散。严于律己，宽以待人，这或许正是董明珠不易被人看见的一面。

明珠梦，中国梦

2017年格力电器新推出了一个广告，从过去的"让世界爱上中国造"，改成了"把爱献给这个世界"。

这句广告，正契合了董明珠的心意。

董明珠说过："一个企业要想赚大钱的话，格力电器应该搞房地产，但是我没有。在家电行业，格力电器是唯一不做房地产的企业，因为我们挑战了自己，我们不逐利而行，我们没有忘记自己的初心，中国制造要走向世界。"

在过去的21年当中，格力于1996年正式上市，到2016年给股民的分红超过了300亿，每年都给股民分红的承诺做到了。董明珠带领下的格力是真正的投资者，而不是投机者，这就是企业应承担的社会责任。

再举个鲜明的例子，空调产品耗电很大，需求也越来越大，靠煤来发电产生的污染也就更多。如果产品可以不消耗资源，以这个为前提去开发是不是更有价值呢？

董明珠跟技术人员讨论，是不是可以不用电，用光伏。光伏是发电的，这意味着要做技术突破。换其他企业来看，这样的技术革新就是烧钱。但在董明珠看来，如果花10亿可以换来1亿人甚至2亿人的身体健康，那就是值得的。最终，这个用钱烧出来的技术克服了无数种第一次，成功了。凭着这个技术，格力获得了行业最高成就奖，相当于影视界的"奥斯卡"奖，中国人带着这个技术在世界的舞台上领取这个奖。

领奖之时，"中国智造"这四个字的魅力从未如此闪耀过。那一刻，只要是中国人，谁不自豪？

企业要生存，而且要成长为中国行业分类中的一面旗帜。匠心精神正是其中精髓。在所有山寨企业成为中国制造的滥觞之时，格力的自主创新改变了中国企业在世界的格局与地位。从"掌握核心科技"，到"让世界爱上中国造"，再到"把爱献给这个世界"，在公众的眼里，董明珠早已经内化为格力的精神内核。这宣传语的变迁，恰恰是董明珠心愿的一步步向上。

"侠之大者，为国为民。"一个时刻把他人装在心中的企业，一个时刻把他人装在心中的人，必然会成为标杆性的存在。格力如此，董明珠也是如此。若说董明珠为何会成为中国企业的代表性人物，其重点就在于董明珠怀揣的"明珠梦""中国梦"。

时代风正烈，董明珠迎风而上，固执而死板地坚守着内心的原则：内心装着他人，装着行业，装着国家。

今天的"中国梦"之下，决定国家富强、民族兴盛的最活跃细胞，正是每一个企业。若企业领导者强大而目光长远，则企业必然强大而布局深远，企业强则推动整个行业变强。正如格力的存在惊醒了整个行业，乃至带动了整个中国企业向着自主创新前行，直至推动中国在世界之林占有一席之地。

在 美 好 的 时 代　　　　　　　　　　　　　　　　　　P. 041

时代风正烈,衣袂翩跹间,明珠,风骨绽放。

正能量侠客林正刚

现在的林正刚像一个饱满的麦穗，更像一位拥有着无数故事与经验的侠客，那些快意策马的岁月，那些随心而动的时光，都一一化作今天的平和。天涯明月自在心。

一

结识林正刚，源于《创能量：用创业的心态做职业经理人》一书。这本书是林老师结合亲身经历，以故事的形式，将现代职业经理人最缺乏的功力阐述了出来。与许多成功学类的书不同，这本书有着实实在在的"招式"传授。

每读到一本好的管理书，我都想认识作者本人，并且努力通过各种渠道邀请作者来博商讲学，这是我多年工作的职业病。这次也不例外，而且信念很坚定，我相信林正刚老师的理论和实践框架可以帮助博商的企业。

多次沟通后，林老师同意来博商讲学。2015年5月，《林正刚谈企业运营框架》在深圳麒麟山庄举办，现场来了五百余人。林老师演讲时讲究现场互动，针对大家的痛点难点进行解答，结束后同学们反映老师十分接地气。

第一次接待林老师，坦白讲，内心有些忐忑，他的助理Grace一再交代林老师严谨认真，注重细节，尤其是时间，一定要准时，差一分钟都不行。

演讲当天，我请林正刚老师吃饭。第一次如此近距离接触心中的偶像，不免有些紧张和激动。跟我想象的不同，生活中的林老师风趣幽默，平易近人，与很多大咖和商界人士相比，没有架子。林老师喜欢讲故事，他会把许多管理的道理，通过精彩的故事讲述出来，生动而不乏味。

那次讲学之后，博商开始与林正刚老师有了频繁的合作。林均浩是直接的对接人，因此有许多机会与林老师接触。

"林正刚老师让我印象非常深刻的是，他总是保持一颗平常心，以及对他人的尊重。从我第一天接待老师开始到今天，他都不让助理和接待他的人帮他提行李和公文包，他说这是小事。在细微中感受到了林老师对他人的尊重，以及他内心深处所倡导的人人平等，这是一种卓越品质。"

林均浩形容和林正刚老师的相遇，就像金庸小说的令狐冲误打误撞遇到风清扬老前辈一样有趣。他总结学习收获时说，林老师身上有非常多卓越的"习惯"，正是这些习惯的累积和组合，才保证了最后的结果。出于好奇，2017年5月，我对林正刚老师进行了一次专访，访问的内容很多，这里重点讲讲林老师三方面的"习惯"。

第一方面是自我时间管理。他认为："时间是自己定的，我看了我们很多学员的Calendar（日程表），没有把生活放进日程里，只是把工作放在日程里。我们的时间包括工作和生活，生活又包含锻炼、读书和陪伴家人，所以你在Calendar里必须把生活部分考虑进去，否则工作经常会占用你的生活时间。"

林老师的时间观，其实就是把生活节奏安排好，就不会忙乱，不会焦虑。时间永远在自己手上，时间要由自己来管控。

第二方面是自律的习惯。林老师既追求结果，又追求品质。我们每天都在忙，忽略很多人生的精彩，而他从60岁开始玩摇滚乐队，玩泰拳，玩武术，玩机器人。这些都是他在做六家企业的影子CEO期间同时在做的事情。香港泰拳拳王蔡师父曾说，一位高龄的运动者，能玩实战，和少壮派保持等量的训练和技术实战，他必须保持持续不停甚至是每天两倍的训练，才有如此的体力和灵敏性。后来我们了解林老师的生活习惯，方知他数十年如一日，每天保持两小时的肌肉训练及体能训练，这是何等的自律，才能让一位忙碌的大咖保持一种超越年龄的生命力和热情。

第三方面是终身学习。前段时间见到林老师，他告诉我他正在学习脑科学，了解人的认知不断进化升级的第一性原理。每每看他的朋友圈，都发现他手边一摞一摞的前沿性书籍。

他说："我对新鲜的事务很感兴趣，尤其是高科技的东西。前些天我经过机场时，看到一个很新奇的机器人玩偶，我就过去问。服务员问我孙子多大，我说是买来自己玩的，那服务生十分诧异。我是保持一颗年轻的心，对所有新生事物很好奇，我买机器人玩偶，是想看技术到了什么程度。我更大的兴趣是研究技术和企业背后的东西。"

采访中这样幽默生动的故事常常让我开怀大笑。这就是充实、有趣、充满正能量的林正刚。

二

2010年从思科退休后，林正刚老师便开始了另一种人生：企业教练。

"早在退休之前，林正刚老师就在思考以后怎么过日子。"Grace 的描述中，林老师是一位带有侠客气质的正能量导师。"闲不下来，完全闲不下来。但林老师并不是那种完全忙碌的状态，而是劳逸结合、有条有理地规划自己的生活和工作。"

林老师潜心钻研，开发了一套名为"企业管理运营框架"的管理体系，以12个模块来讲述企业运营管理之道。这一套管理框架基于他职业生涯的所有管理经验总结，且考虑到与中小民营企业的沟通问题，林老师还专门研究了如何构建共同的语言体系。

他退休之后便帮助中小企业建立对企业运营管理的整体认识，引导他们理顺自身的问题并逐步改善。

谈起中小民营企业的问题，林老师总结了几点。第一点是

在美好的时代

大多数中小民企的核心能力不清晰，喜欢闭门造车，认为产品生产出来了就一定有人买单。你的拿手好戏不一定是客户要的，当年的 DEC 也是犯了这个错误。核心能力不等于核心价值。第二点是盲目追求业绩，不关注利润。第三点是盲目组织销售团队，对销售管理一窍不通。最后一点是财务失控，现金流很危险了自己却不知道。大部分中小企业都没有预算。财务预算是一个机制，是一个系统，而不是一张报表。多数中小民企没有真正掌握企业的运营规律。

正是因为看到了这些问题，林正刚老师下定决心，要帮助更多中国中小企业提升企业运营管理水平，做他们的教练。"希望我的学生们可以创造出未来的世界 500 强。"林正刚老师如是说。

林正刚像是一位怀揣绝世秘籍的侠客，退休之后慕名而来拜师学艺的越来越多。"初衷很纯粹，也可以说很天真。但是我觉得这是有意义的事情，就应该去做。"

王驰江是深圳汉普科技的 CEO，工科出身，创业前曾在华为工作多年，一次在 EMBA 课堂上认识了林正刚老师。这次结缘让王驰江有机会师从林老师，并成功聘请他担任自己的企业教练。

"因为相信，所以看见。"王驰江非常熟悉思科，所以特别相信这位前思科全球副总裁的能力，"只有完全相信，你才能一步步走下去。林正刚老师非常严格。企业要想脱胎换骨，只能忍受痛苦。"

王驰江从认知角度出发，讲述了师从林老师后的改变。"人的认知水平被分为四种层次：第一层是不知道自己不知道；第二层是知道自己不知道；第三层是知道自己知道；第四层是不知道自己知道。"通过向林老师学习，改变了认知，理解了企业运营的规律和本质，从"手中无剑"到"手中有剑"，再到"心中无剑"境界。这有点像古代的武林秘诀，最高境界是无招胜有招。

王驰江认为，林正刚老师是他的"导师＋教练"的角色，是汉普科技转型的"大脑"。经过两年的蜕变重生，如今汉普的企业定位、使命愿景更加清晰，企业运营更加健康良好，而王驰江也成长成为一个卓越的 CEO。

企业教练是一份十分辛苦的工作，也是一份伟大的工作。现如今70岁的林正刚依然有目标有冲劲，他不仅是博商会两万名企业家的总教练，还致力于将毕生所学的管理经验传承给所有有梦想的企业家。

他说："我从来不觉得这是工作，这是我喜欢的事。之前35年的职业生涯，基本都在世界500强外企，而最近这几年，我把时间都用在研究中国中小企业，帮助这些企业的创业者与员工成长。对我来说，从来没有退休，而是开始一个新的阶段。我甚至觉得，现在做的事情比之前更好玩更有价值。"

他曾经是一位职业经理人，现在他成为了他自己。现在的林正刚像一位拥有无数故事与经验的侠客，影响着身边慕名而来的年轻人。那些快意策马的岁月，那些随心而动的时光，一一化作今天的平和，天涯明月自在心。

远处，慕名而来的年轻人们正在路上。

相 遇

现在的林正刚（左二）像位拥有无数故事与经验的侠客，影响着身边每一位年轻人。

我看唐骏

看一个人，与其看他最闪耀的时刻，不如看他沉寂后所走的路。

打工皇帝的冷暖人生

这几年，唐骏的名字有些清冷了。

曾经，唐骏有着闪耀的头衔与辉煌，有着令人膜拜的阅历：从一名技术员做起，仅仅用了七年，就升迁至微软中国区总裁。他可以叫出微软中国一千多名员工的姓名，他爱他们就像爱自己的兄弟姐妹。但他最后还是选择了离开，只留下了一句饱含深情与热泪的话:"希望你们记得我,就像我会永远记得你们一样。"

在商业社会里,身为一名雇主,对于员工的管理,有些人选择从制度出发,而有些人却从人格魅力出发。而唐骏正是后者,他是微软历史上唯一两次获得盖茨杰出奖的员工,并在微软中国区总裁的位置上做得有声有色,开创的中国区业绩极为成功,还获得了"终身荣誉总裁"的殊荣。

那些年,唐骏意气风发,指点江山,成为中国知名度最高的企业家。但这个世界往往充满了戏剧性,一个人可能会一夜之间被捧上天,也可能一夜之间被打翻在地,不给他任何沟通和辩解的机会。

这就是唐骏的戏剧性人生。2010年,"学历门"事件爆出后,唐骏逐渐在众人眼里被淡忘了。

看一个人,与其看他最闪耀的时刻,不如看他沉寂后所走的路。

因为闪耀之时,也是一个人声音最多最杂的时刻。那么多的噪音,那么多的负担,那么多的曝光与以讹传讹,逐渐把一个具象的人变成了存活在别人口中的人。当一个人逐渐被舆论推向神坛之时,看到的更多是一种幻象。

正如唐骏与世人。

相隔十四年的两次相遇

　　2000年9月,我考入北京邮电大学经济管理学院。时值北邮建校45周年庆典,唐骏作为知名校友受邀到母校做了一场演讲,主题是"超越平凡"。那是我第一次见到唐骏。

　　见到台上的唐骏,第一印象是高高瘦瘦、其貌不扬,但却伶牙俐齿、风趣幽默,其超强的演讲水平引发了全场雷鸣般的掌声。

　　"各位校友可能是第一次看到我。看到我一定会很失望。这个失望来自于什么?来自于外表的失望。其实我唐骏长得真的不怎么样。从小到大一直非常纠结。我也曾经跟我的母亲进行过多次的交涉。我觉得很不公平。最后,我的母亲跟我说,其实她和我的父亲已经尽了最大的努力了。他们这些话反而让我觉得很内疚。因为我其实不是要讨一个说法,我就是想抱怨一下。"

　　开场的一番自我调侃,给我留下深刻的印象。接着,唐骏讲了许多故事,包括在北邮如何追校花,如何争取留学名额,如何获评十大帅哥CEO,在微软的职场成长记,与比尔·盖茨的交往等,故事情节犹如好莱坞大片一样精彩。整个演讲两个半小时，他没喝过一口水，甚至连位置都没移动过。

时间是最为公平的所在，那一年稚嫩的自己记下了当时的演讲。

超越平凡是每个人的梦想，多年之后自己再回想起那次演讲，唐骏的真诚在跨越时间之后显得更为珍贵。那种态度让我难以忘怀，他只是用一种拼搏的态度向我们揭示：梦想的确会给人带来勇气与动力。

那次之后，一隔便是14年。2014年4月，一次偶然机会我认识了港澳资讯深圳公司的负责人，而港澳资讯的董事长兼CEO正是唐骏。港澳资讯是国内最早提供金融信息服务的企业之一，时值新三板上市，是中小企业关注的热点，而博商会平台又是中小实体企业的集群，双方有意合作。

我们决定联合办一场活动，一方面邀请唐骏来博商演讲，二来是签订合作协议，港澳资讯可以在其他方面服务博商企业。

2014年6月6日，一个不错的日子，唐骏如约而至。时隔14年，我再次见到自己的偶像。

当天的活动分上下场，上午我安排了一个小型对话，为了纪念14年前的第一次相遇，我定的主题仍然是"超越平凡"，参加对话的有唐骏、我，以及《深圳晚报》"深圳商帮"栏目主编李昊辰；下午是主题演讲，有500位博商企业家参加。

从当初的莘莘学子，到现在的对话嘉宾、战略合作伙伴，这样的身份转变让我明白,这些年我所走过每一步都未曾浪费。

多年之前那场"超越平凡"，到博商这场"超越平凡"。时光兜兜转转，看似一切都没有变，其实一切都已经变了。但让我始终敬仰的是他不变的精神：不论什么样的境遇，都会一往无前直至成功的精神。

做中国职业经理人的标杆

在当下的中国，放眼望去，遍地是创业者。创业当老板被认为是有前途的事业，而打工者则是被认为是平凡或平庸的人。我出生在传统的潮汕家庭里，父母从小灌输的理念就是，要么从政，要么从商，除此之外没有第三条路可以光宗耀祖了。

在中国企业界，像唐骏这样的人很稀有，他是一个职业经理人。在中国，职业经理人的队伍很庞大，却远不成熟。

职业经理人常常拥有傲人的学历，却没有白手起家的动人故事；常常拥有在某行业顶尖企业服务多年的经验，却没有开拓性的英雄事迹；或许有能力引领一家企业从平凡走向卓越，可是人们记住的，却往往是创始人带领着企业从无到有、从小到人的奋斗故事。所以以职业经理人的身份而获得名声、地位、财富以及尊重，殊为不易。

从微软退休之后，唐骏加盟了盛大。相比于微软这个树大好乘凉的跨国公司，盛大在规模与知名度上都远不及它。这也是唐骏加入民营企业之后重新开始的职业生涯，而他也在无形中树立起了一个中国职业经理人的形象。在他之前，中国的职业经理人没有过像他这样的知名性标杆；在他之后，目前也没有出现过比他更有成就的职业经理人。

唐骏说，加盟盛大，是为了证明自己，证明中国职业经理人的实力。一个十年的外企老兵，微软中国总裁，去适应中国民营企业的生存之道，去跨越中国职业经理人在民营企业的各道坎，这需要怎样的勇气？

在盛大最困难的时候，唐骏遭遇到公众的不信任，但是他有倔强的一面，在那个最困难的时候，他萌发了一个理想，他希望自己能够成为中国职业经理人的标杆。

事实证明，唐骏的努力没有白费。四年的时间，他运作盛大在美国NASDAQ路演并成功上市，被华尔街誉为"中国资本第一人"。

他希望在这个不成熟的行业里，能用自己的力量树立起一个标杆，让大家知道，在中国，不是只有创业一条道路可以成功，当职业经理人一样可以成功。同时，他希望他能够为这个行业的成熟化和制度化，做出自己的贡献。

如果说十几年前的唐骏在众人眼中是神一般的闪耀，那么十几年后的唐骏，经历了那么多吹捧和漩涡，那么多来自于生活、工作、舆论甚至内心的挣扎，却依然保持着淡然自处的心胸与底气。

2014年一次偶然的机会，博商遇见了港澳资讯，我遇到了唐骏。14年前我与师兄唐骏的邂逅，与14年后的握手合作，也许这就是缘分。

诗有云：莫愁前路无知己，天下谁人不识君？

相 遇

莫愁前路无知己，天下谁人不识君？图为唐骏在博商会演讲。

纪念杨文捷

一路走好，愿天堂里没有车来车往。

一

2016年2月26日，这一天我记得非常清楚，博商龙华联谊会春节后第一次聚会，由执行长杨文捷召集。时间选在这一天，是因为第二天文捷要出差去四川泸州，赶在出差前召集年度工作会议并作为新年第一次团聚，凑巧的是，那天龙华的委员团队人全齐，这还是第一次。

我是晚上赶过去参加晚宴的，那晚我坐在他旁边，刚过完春节，感觉文捷精神抖擞，意气风发。

"秘书长，泸州的工厂已正常投入生产，四川的业务体系也搭建得差不多了，再过三个月，我就可以多点时间待在深圳，多花点精力用在博商会，今年龙华要争冠军区镇。"

因为是老乡，他用潮汕话跟我说，话音清晰有力，当时的情景我记得很清楚。那晚他没怎么喝酒，因为下半场还要陪外地来的客户，作为执行长，当天会议文捷对团队信心满满，用他们的口号来说"龙华一家亲，其利能断金"。现在回想起来，那天晚上就是一场告别宴。

第二天，也即是2月27日，杨文捷按照行程前往四川。先是前往成都跟大客户拜年，在成都喝了些酒，后来天色渐晚，为表热情，客户安排自己的司机送文捷从成都到泸州，文捷接受了这份"安排"，带着酒意上车，坐在新买的车的后座。

按照约定，原本27号晚上捷艺发泸州公司的中高层要等文捷一起开会，安排开春公司的重大计划的，因文捷无法准时到达，会议一再推迟，大家在会议室焦急地等待。老板没到，这会没法开，后来时间实在太晚，一通电话，将会议推迟到第二天上午，大家散去。

就在这天深夜,从成都到泸州的高速公路上,悲剧发生了。据后来司机陈述,当时他的手机在导航过程中,从固定支架上掉落到前座,司机就低头去捡手机,因为车速太快,意外发生了。飞速行驶的汽车撞向前面的大货车,司机发现这一紧急情况后来个90度的调转方向盘,结果将熟睡中的杨文捷狠狠地甩了出去,一头撞到护栏,司机也陷入昏迷。时间过了半个小时,昏迷中的司机醒来报警,后来文捷被送往医院,时间已过了一个多小时,错过了黄金抢救时间。

杨文捷再也没有醒来,医院的报告是脑死亡,尽管家人花了几百万从全国调来了最好的设备,从北京请了最好的脑科医生,都没能将他从鬼门关拉回来。

2016年9月2日,昏迷整整190天后,杨文捷永远地离开了人世。印刷界的传奇人物、博商会的优秀执行长走了,这是印刷界的损失,也是博商会的损失,深圳印刷行业和印刷网发悼文称:"他留给我们的是永不褪色的印刷人精神",而博商会则万人接龙深切哀悼。

二

与许多潮汕人一样，那个年代的潮汕人书读得不多，初中刚毕业的杨文捷就来到深圳追逐梦想。1993年，杨文捷进入印刷包装行业。从打工到代工，从几台手啤机到全工序的自动化生产，他把自己的青春全部燃烧在这一行业，从未离开。

2000-2010年是印刷包装行业发展的黄金十年，"怎么做都挣钱"是那个时代的烙印。客户多，利润高，目前90%以上的印刷包装企业都是在那段时间成长起来的。2007年，杨文捷将工厂从当时中国印刷包装行业风向标的深圳八卦岭搬到了龙华新区，并扩大了厂房面积，淘汰陈旧设备，开足马力地干起来。

然而在2008年，国家针对市场出现的"过度包装"浮夸现象，出台并实施相关法律法规限制商品过度包装。虽然还在挣钱，但杨文捷已敏感地发觉，企业要根据国家政策进行转型。结合2007年上海国际印刷技术交流会上的"绿色、环保、科技印刷"主题，他确信捷艺发一定要走一条"绿色、环保、科学、创新"之路。

2011年杨文捷开始进行产业链的上下游整合，往上游投资纸厂，整合原材料提供商；往下游投资食品企业潘祥记和名酒泸州老窖，然后开始布局全国。2013年底，杨文捷投资1.5亿元人民币兴建四川泸州捷艺发印刷产业园，以满足西南地区的高端大客户需求。

"在泸州建厂后，捷艺发一年可以节省运输成本接近两千万元，再考虑到人工、材料和时间，综合起来大大降低了成本，还可以为客户创造实惠。"一次交流中，杨文捷提出建立泸州印刷产业园的初衷。

杨文捷之所以被称为"印刷行业的传奇人物"，是因为他在不断地推动行业的技术变革和产业升级，他对工艺精益求精，不断关注新技术对行业的影响，还联合上下游不断开发更加绿色环保的新材料。

2015年9月，文捷邀请我与他的博商国学班同学前往泸州参访捷艺发印刷产业园，现场的设备、流水线和工艺流程令我们大为震撼。"这是花了两千万定制的德国KBA高堡8+2UV印刷机，目前是全亚洲第一台。"文捷指着眼前的一台"大家伙"，非常自豪地向我们讲解，因为拥有这台国际最先进的定制设备，捷艺发的产能是过去的两倍，成本是过去的一半。接着又带我们参观了几条捷艺发独立设计研发的生产线，有全幅面五层纸板生产线、全电脑四包水墨纸箱生产线、全电脑瓦楞生产线等。

"文捷对技术的钻研如痴如醉,他无时无刻不在思考如何改进工艺流程和生产线,经常在深夜与技术人员探讨改进计划。"曾担任捷艺发副总裁的陈楚文,用"100%专心专注"来形容杨文捷。

陈楚文是文捷的同乡,从小一起玩到大的初中同学,来到深圳后,杨文捷出来创业,而陈楚文担任了博士眼镜的销售总监,后来两人又同时报读博商总裁班,再次成为同学。捷艺发在快速发展期间,杨文捷多次邀请陈楚文加盟,多次感召下,陈楚文答应加入,后来成为泸州捷艺发产业园建设的主力。

"我们花了三个月时间就把泸州产业园建设起来,可以用神速来形容,600多位员工很快就位,设备和生产线也很快启动,当时,我们的口号是打造印刷4.0。"

提起杨文捷,陈楚文的眼睛湿润了,他抽了口烟,沉重地回忆起当初的一切。

"天妒英才啊!"陈楚文强调了很多次,他真心佩服老同学超前的眼光和对技术的专注。

"文捷对工艺流程精益求精,经常自己一个人苦思冥想,反复试验，直到流程改善到不能再改善为止，这是他对这一行业的真爱，也是匠人精神的践行者。"

斯人已逝，唯有缅怀。杨文捷所倡导的印刷人精神，是专注、专心、专一，把不可能变成可能，把技术改革、客户服务做到极致。他的思维模式与专业操守，将永远激励着无数的印刷行业工作者。

三

2011年，杨文捷加入博商学习，成为一名"学生"。此时捷艺发正处于高速发展期，并且开始在全国布局，文捷感觉自己的管理跟不上了，需要充充电。

在同学们印象中，他很热情、真诚、大方，喜欢帮助别人，所以在博商的总裁班里，他人缘挺好，虽然不是班长，但却是大家心目中的"领袖"。

"在我的记忆中，相交多年以来，文捷兄待同学如兄弟，每次的见面，我们都交流得非常愉快！他俊朗的轮廓，睿智的眼光，开朗的性格，宽宏大度的胸怀，时时在我的脑海浮现！"同窗好友蒋英杰如此评价。

2013年1月，博商会在深圳会展中心举办三周年庆典，规模是三千人。此时，杨文捷与包装的大客户泸州老窖合作，拿了大订单，恰逢博商会三周年庆，文捷晚上约我喝茶，表示要赞助年会泸州老窖酒。他问我多少人参与，我说三千，他不假思索："那我赞助三千瓶。"当时还在品茶的我，差点儿喷了出来。他就是这样的人，只要认同，可以不计一切地支持。

于是，数辆大卡车将三千瓶泸州老窖一路从四川运送到深圳会展中心，几十位企业服务队员花了一个晚上才完成搬运和礼品袋包装工作。第二天庆典，所有人手里都提着一瓶文捷赞助的泸州老窖，博商人第一次感受到他的豪气。

2015年8月31日，博商会举办包装印刷行业转型升级交流会，50多家印刷包装企业参加，杨文捷作为标杆企业进行分享，其分享的经历现场感动了许多人。那次交流会后，同行业的同学经常上门请教，文捷从不吝惜传授经验，还登门指导企业改进流程和设备，甚至还把捷艺发做不完的订单分给同学们。

2015年9月，博商龙华联谊会成立，杨文捷成为首任执行长，带领委员会团队开始龙华的区镇工作，半年工作时间，成绩斐然。

2016年8月29日，博商会举办区镇年度盛典，授予杨文捷执行长博商区镇"功勋建设者"勋章，这是博商会第一枚区镇勋章，由杨文捷大儿子杨晓东代领，以表彰他多年来为博商会所做杰出贡献。

四

杨文捷车祸昏迷后，公司高层顿时不知所措。因为公司重大的客户是老板一个人在维护，公司的投资与债务只有老板一个人最清楚，公司的整个业务体系是老板撑起来的，连管财务的太太都无从插手，发生这样的意外，让捷艺发的业务体系运转出现了问题。

好在文捷平时为人不错，客户主动找上门，按时把货款结了，甚至还有客户下订单前先预付费用，供应商也纷纷表示支持。就这样，靠客户和供应商的支持和团队的运作，公司继续经营着，只是所有人心里都没底，员工都是做一天算一天，不知道公司能撑到什么时候。

半年后，杨文捷离世，消息一传开，供应商和客户的支持开始动摇，员工陆续离开，公司很多债务开始浮出水面，问题如多米诺骨牌效应，一发不可收拾，杨文捷二十余年辛苦打造的商业帝国，在接下来短短几个月时间里，崩塌了。

壮志未酬，留下的是孤胆英雄的悲情故事，同时也给广大民营企业家警醒和启示：创始人一旦突然离开，之前千辛万苦打下的江山就可能瞬间瓦解，这像是戏剧人生，演绎的是跌宕起伏、生生死死的英雄故事。

最难过的莫过于他的家人。杨文捷是传统的潮汕人，育有两男两女，大儿子杨晓东年近十八，原计划高中毕业后去美国留学，父亲早已为他安排好了一切。

"生活原来是那样美好，父亲从来不让我们过问公司的事，只交待我要安心读书，一切都有老爸在。"杨晓东话音有些哽咽，"父亲走了之后，一切都变了，我突然感觉自己长大了，要承担生活的一切压力，还要照顾弟弟妹妹，我不能让妈妈一个人承担。"

杨晓东回忆，父亲陪伴他们的时间很少，一年中只有春节期间可以与父亲交流，平时父亲不是出差，就是应酬，晚上回到家都是凌晨时分，早上他们上学要早起，也没机会见到父亲。有时感觉许久没见到父亲，只能跑到公司，在办公室远远地望他一下。

"如果时光可以倒流，我希望父亲不要那么辛苦，我希望他周末可以陪我们吃顿饭，可以到学校接我回家。"

这些平常人家最容易做到的事，在晓东的眼里，变得异常难得。

杨文捷离开后，博商公益基金会成立"杨文捷孩子教育基金"，专项支持文捷孩子的教育成长，并承诺，只要孩子们有能力考大学，一定支持到大学念完为止。

杨文捷的离开，留给我们太多的遗憾，留给我们太多的思考和启示。

谨以本文深切悼念杨文捷执行长，愿他一路走好，愿天堂里没有车来车往！

苍山调·忆文捷

词 / 杨昌辉

和天空生活在一起　我是一朵倏然而降的云

众生点灯　我歌于苍山之巅

像你眸中的那袭惊诧　遮住漏风的身体

夕阳的金钵　亦欲向人间讨温暖一晚

在十二峰　我一座座开化脑中勾回

相 遇

念想人世间　那么多人奔走相聚别离

剩下的是一堆火　一团烟　一缕骨

苍山已老　我年轻的体温无法捂热它的寒凉

坐在南海半岛　我已枯骨若塔

积雪满身　幻出迷离的云影

细数洱海涛声　如粒粒钟磬之音

望海的溶石　内心有痴怨翻腾

我将乘一片波涛归去　在来生

像夜渔的灯火　悲悯人间生计

我独抱守内心过失　用一张陈旧的网

去打捞水中　呼吸急促的月亮

这突如其来的网　是宿命的天意

我默诵内心的经卷　哼出的苍山调

竟是一块喉中的雪团　迎风而化

化为前生的来路　和来世的尘烟

在美好的时代 P. 071

斯人已逝，唯有缅怀。

徐宁宁沉寂八年

或许是因为时代的浮躁,或许是因为对高品质的追求,人们对"工匠精神"表达了无比的怀念。

一

2010年,博商会成立那年,我们举办了首届博商企业家风采展示演讲大赛,有40余位企业家报名参赛,经过层层选拔,最后有十位企业家选手进入总决赛。其中有一位选手给我留下了深刻的印象,她就是博商会创会理事徐宁宁,她在总结赛上演讲的主题是《我有一个梦想》：

我有一个梦想，与马丁·路德·金的梦想不同，我的梦想源于和清华博商的结缘。滴水之恩当涌泉相报，我梦想着有一天，我能用我的专业知识，规划一个花园式的巨大的博商工业园，里面驻扎的全部是我们同学的企业，上下游产业链完好对接，我期待蓝图变成现实的美好明天！

我梦想有一天，我能用我微薄的人脉资源报效博商，亲力促成博商大厦的伟业，肩负着的是重托，那就是在这个城市的中心地带崛起一座超高层的建筑，墙身上镶嵌巨大的"博商"二字，在黑夜里明闪着光芒，照亮我们前进的道路。

我有一个梦想，我们有一个梦想，那就是拥有一个博商人温暖的家，一个世人眼中屹立百年千年不倒的丰碑！

回想起当初比赛的情景，至今仍历历在目。徐宁宁的演讲真挚动人，充满激情，没有太多的演讲技巧，但却感人至深，最终她取得了一等奖的好成绩。她的演讲视频被广为传播，演讲稿也刊载在当月的《博商》杂志上。

然而，自从那次演讲比赛后，徐宁宁"消失"了，好像从人间蒸发一般。因为我们太久没有联系，或者说她太久没有出现在博商的活动上，我竟然也慢慢地将她"淡忘"。

2017年，刚过完春节的一个夜晚，我与同事丁胜相约在他的侨香路办公室喝茶，探讨工作，结束时已是晚上11点多。丁胜送我下楼，走出香年广场时，我留意到邻近的高楼还在施工，月光下高楼上挂着英文发光字"SKY CENTER"，显得格外的耀眼。我问："这是'天空之城'吗？"丁胜笑着说："这是'侨城一号'。"接着补充说："这个楼的设计非常棒，听说未来会成为华侨城的地标。"

从事装饰设计行业的丁胜，特别关注建筑的设计。我当时并没在意，只是觉得这个"SKY CENTER"总楼层确实很高。

一个月后，我从媒体上看到一个新闻，位于深圳侨香路的侨城一号将成为深圳的地标性建筑，开发商是燕翰实业。

"燕翰实业"，一个熟悉但又突然想不起来的名字。经查询才发现燕翰实业的总经理是徐宁宁。后经博商学院教务主任曾任果老师确认，"侨城一号"的创造者正是"消失"了多年的徐宁宁。

2017年3月8日，在三八国际劳动妇女节这一天，我与均浩带着精心准备好的鲜花，来到施工中的"侨城一号"，探望节日里也不放假的徐宁宁。

　　那天，我们穿得十分正式，笔挺的西装，擦得发亮的皮鞋，带上为她准备的礼物，还有一张小贺卡，贺卡上有我手写的节日祝福，字迹工整，以表达对这位博商会创会元老的尊敬。我们从地下车库步行到她位于五楼的临时办公室，一路泥泞，当我们成功上到五楼时，鞋底已有厚厚的一层泥土了。

　　见到我们，她很感动："秘书长，多年不见，你还好吗？我知道博商会现在做得很大，你们运作得很好，我一直在默默关注你们。"听到这番话，我感觉内心有些惭愧。

　　我们在她的临时办公室合了影。办公室虽然很简陋，但却是她的"作战指挥中心"。

　　"这些年，大部分时间我都在工地，没有假期，陪伴孩子的时间很少，不过孩子也长大了，今年年底准备结婚，儿媳妇是我们博商高尔夫球队秘书伊林的妹妹。我很感恩博商，这门婚事也是因博商结缘的。"

　　一谈起儿子，徐宁宁脸上即刻充满了喜悦，多年前还很内向羞涩，如今已蜕变为成功人士。

二

2017年8月14日,"侨城一号"低调开放,媒体称"这座耗时八年打造的248米云端作品终于揭开它神秘的面纱,未来也将成为深圳的地标性建筑"。

我受邀参加了发布会,再次听到了徐宁宁的演讲:"深圳土地稀缺,我们的理念是不浪费每一寸土地。'侨城一号'不只是华侨城的一块地,我们的初心是通过我们的设计,为深圳这座城市添光彩。"

话音刚落,全场掌声雷鸣,这场景让我回忆起八年前她参加博商演讲大赛的那一幕。她的人生梦想,就是在城市的中心地带筑起一座地标。沉寂八年,她的梦想实现了。匠造八年,终得一见。

成立燕翰实业,从事房地产开发,徐宁宁至今只完成一件作品,就是"侨城一号"。在徐宁宁眼里,'侨城一号'从来不是一个商品,而是一部作品。她感慨着不负八年时光。

她曾说:"我的理想是带着国际化的眼光,做深圳最好的建筑。所以从最初的项目定位,到规划设计,方案比选,施工单位的选择,用材用料,花果树木的确定等,每个细节我都严格把控，精挑细选，不厌其烦地一次又一次推翻，斟酌又斟酌，不敢疏忽一丝一毫。我始终坚信没有最好只有更好。"

学习城市设计与规划专业的陈建，大学一毕业就来到燕翰，成为徐宁宁的助理，全程见证了"侨城一号"从无到有的过程。这是陈建第一份工作，一干就是八年，刚走出校门时的稚嫩青年，如今已成半个专家。伴随着"侨城一号"的完工，他发现自己头上多了不少白头发。

陈建眼中的徐总，不是一般的执着，是非常的执着。他笑着跟我说："为了请到最好的设计师，她可以连续一两个月上门找设计师谈，有时还会吃闭门羹，但她很坚持，不断地讲述自己的构想和愿景，直到打动设计师为止。"

正是徐宁宁的这份坚持，她整合出了一个高水平的国际设计团队，并经常与设计师探讨到凌晨一两点。为了寻找灵感，她考察了许多地方，从日本到新加坡，从北京到上海，经常是周五晚订机票，周末飞去考察，周一还回来工作。

大量的考察给徐宁宁带来了灵感，她总结出了影响城市印象的要素：

"城市的标志物是具体而明确的目标，标志物往往与周边环境有着巨大反差，而且在各个方位都很容易被看到，所以它们能脱颖而出，令人印象深刻。

"道路是城市中一切能够走人、跑车或者经过的通道，人们沿着这些通道在城市里运动、停留、观察。道路通过自身的特征和道路网络的特征两种方式给人留下印象。

"边界是城市中连续又无法穿越的分割线。边界能产生强烈的领域感，明确地区分两个空间。区域通常被边界包围，跟周边环境明显地隔绝开来。

"节点往往是道路上的重要转折点，或去往某处的必经之地。在城市中，节点常常以街角、广场、交通枢纽的形式出现。那里聚集了大量人流，人们可以在节点停住脚步、休息放松、沟通交流。"

……

正是这些研究和总结，徐宁宁慢慢找到了感觉。她认为深圳需要更多的地标，城市需要高低起伏，不能千篇一律。她有信心做出一个好作品，让深圳这座城市变得更美好。

三

"徐总对自己的作品精益求精，不放过任何细节，她付出了常人难以忍受的体力和精力。"陈建对老板十分敬佩，"这些年,徐总在工地上摔跟头都摔了几百个了。"

听完这些故事,我由衷地感叹这才是匠心精神。匠心首先是虚心,虚以待物,宽以待人,只有保持谦虚的心,才能有足够的心理空间去发现世界、理解世界。匠心是坚韧不拔、锲而不舍的毅力和终身学习的恒心,不断追求卓越的执着心。匠心是细心,细微之处彰显非凡品质。专注严谨,不仅是科学问题,也是方法论问题。

2017年11月,国际钢琴巨星郎朗来到"侨城一号"举办音乐酒会,赞言:"弹钢琴要'心手合一',好的建筑作品也总需要用心来酿造。如同我今天一进来就被惊艳到的那个钢琴台阶——它不仅展现了深圳的精神风貌与不断向上的追求,更见证了标杆建筑与人文艺术的共鸣。"

沉寂八年的徐宁宁,兑现了自己多年前的承诺,实现了当年讲台上的梦想,同时也给深圳这座城市交出了一份满意的答卷。

我们倡导匠心精神,是希望在浮躁的社会中放慢脚步,踏踏实实地做好每一件事。专注是一种态度、一种习惯、一种能力,也是一种境界。

或许是因为时代的浮躁,或许是因为对高品质的追求,近年来，从中央到地方，人们对工匠精神表达了无比的怀念。

　　坚守匠心精神，回归立业之本。

在美好的时代 P.081

沉寂八年的徐宁宁,兑现了自己多年前的承诺,实现了当年讲台上的梦想,同时也给深圳这座城市交出了一份满意的答卷。

Part 2

遇见城市

P. 084

相 遇

时代

P. 085

历史不该忘记蛇口精神

蛇口率先打破"铁饭碗",蛇口人敢想、敢试、敢闯。

住到一个偏僻的地方

人类数千年的发展史里,从三五成群随遇而安,到贮藏食物定居直到聚居村落。人口越多,聚居的地方便越繁华。比如说13世纪的地中海,威尼斯、巴黎、米兰等,这些商业贸易中心都是在工业革命后逐渐发展起来的。

要完成一座村落到一座城市的发展,至少需要百年。但在中国，有一个地方，从小渔村到大城市只用了 30 年的时间。众所周知，这个地方就是深圳。

2008 年初我移居蛇口，一位住在罗湖的朋友听说我要搬到蛇口，在电话里说："你怎么会住到那么偏僻的地方？"那时的蛇口，对于住罗湖、福田的人来说，是个遥远而又有些偏僻的地方。而如今，恰巧是这个偏僻的地方，被称为"深圳有钱人的聚集带""深圳改革发展的第一窗口"，蛇口见证了整个深圳的变迁，诠释了城市发展的魅力和内涵。

从蛇口精神的缔造者袁庚说起

1979 年，蛇口不过是一片海滩，一路上坑坑洼洼，极其颠簸，连个厕所都没有。这个位于深圳南头半岛东南部的地方，归属于南山区，是中国第一个外向型经济开发区。

蛇口是开启中国改革开放的灵感源头，对于整个中国来说，蛇口具有无法替代的符号意义。如果说深圳的改革开放点燃了中国生产力，那么蛇口则解放了深圳的思想，引领了深圳发展的潮流。

这个三十多年前南海边上的小圆圈，第一次种下了中国市场经济的种子，几十年来孕育了无数个第一次。对于中国，蛇口精神影响深远。1978年,党的十一届三中全会提出解放思想和改革开放,从此开始"以经济建设为中心",让蛇口迎来了第一批创业者。1979年12月,蛇口成为了招商局全资开发的中国第一个开发区。

全中国那么大,为何选中了蛇口?有一位老人功不可没,他叫袁庚。

袁庚时任交通部下属企业香港招商局副董事长,这位被后人喻为"邓小平改革幕后的操盘手"的老人,那时已经年过花甲了,正准备回家养老。时任交通部部长的叶飞问了他一句话:"愿不愿到香港招商局打开局面?"

心里正思索着"船到码头车到站"的袁庚愣了,对于喜欢挑战的他来说,相比于养老,这个选择更有意义更有吸引力。那时的中国正处于改革开放的始端,以经济建设为中心的思想被提了出来,但是如何建设、如何迈步,却急需一个带头人。

交通部下属的香港招商局正是带头人的角色。1978年6月,袁庚和招商局的同事们出发了。他们不断地搜集各类信息,目的是把香港的政治、经济、文化全盘摸透。

袁庚来了之后,10月份就向中央国务院打了一份报告,以交通部的名义请示:要把招商局变成立足港澳、背靠国内、面向海外、多种经营、买卖结合、工商结合的综合性大企业。

三日之后,中央批准了这份提议。

除了袁庚,当时没有人愿意当这个出头鸟。对于一个花甲之年进行"改革试管"培育的人来说,袁庚把自己所有的政治生涯全部赌上了。这份孤注一掷贯彻了他在蛇口的十五年。

那时的招商局总共只有一个多亿的资产,成为驻港企业之后,国家给了袁庚放手大干的机会,但所有资金资源都得靠自筹。袁庚知道,在香港招商局没有优势成为一个强大的综合性企业。因为当时的香港地价在全球只比日本东京银座便宜,要想立稳脚,只能到内地借力。

1979年春节前夕,袁庚回到了北京与家人一起过节。大年初四的时候,袁庚接到了通知,让他去中南海汇报工作。

在那里,新年的味道还很浓。袁庚从包里拿出准备好的地图。这份地图是香港出版的。时任国务院副总理的李先念在地图上一笔画下,想把整个宝安县都交给袁庚去做,"你去杀出一条血路来",杀出一条中国改革开放的血路来。袁庚不敢要那么多,他只敢要宝安县一处2.14平方公里的土地。

那就是蛇口。

蛇口邻近香港,袁庚想借招商局在香港的资金与技术,将蛇口的土地与人工结合起来做一次改革的试验。1979年1月2日，蛇口工业区动工。如此艰难的条件之下，无异于在荒地上建立起空中花园。而袁庚却很乐观，他称蛇口为"中国未来的夏威夷"。著名财经作家吴晓波曾在书里写道：

"在70年代的最后一个年份，改革的前途仍然是莫测的，它充满着挑战、分歧、陷阱和种种的困扰。这就是邓小平、袁庚乃至每个中国人所要去勇敢直面的。"《激荡·1978-2008》

蛇口工业区建设时，第一项是港口码头。在那个集体劳动的时代，"大锅饭"让每一个工人都缺乏积极性。为了这一个积极性的问题，四航局工程处实行了"定额超产奖励制度"。

这个制度出来之后，工人积极性高涨。本来一天每人只能运20车泥，明确了奖励制度之后，一人一天最少可以运100车泥。奖励金制度下，工程进展很快。但不到三个月，这个制度被叫停了。

为了这个制度，袁庚把官司打到了中南海。"大锅饭"代表体制，而袁庚极力想让蛇口开发区挣脱体制。抗争了几个月之后，中央批示，1980年8月恢复超定额奖。袁庚的坚持取得了胜利，工地的工作效率立竿见影。

对于袁庚来说，改革意味着撼动以往的一切，他早已把个

在美好的时代

人荣辱置之度外了。"我可以不同意你的观点,但我誓死捍卫你发表不同意见的权利。"

这份大无畏的献身精神,让袁庚的路走得尤为坦荡。很快蛇口成为了全中国最为引人注目的地方。半年之后,深圳经济特区成立了。招商局借来了15亿人民币,两年时间里引进了上百家企业,荒凉的滩涂热闹了起来,在热闹的声音里,更多的是质疑与非议。

"四个能不能"是当时争议的主题,整个广东都被牵扯进了这场争议里。"西服能不能穿,长头发能不能留,牛仔裤能不能穿,迪斯科舞能不能跳"。这些言论争辩一直在进行,但却没有阻拦住袁庚的步伐。争论是争论,前进是前进。1981年3月,袁庚在香港开完会之后回蛇口时,看着船两侧的水流飞珠溅玉,灵感突来,写出了一个口号"时间就是金钱,效率就是生命"。这句话成为了流传最广的口号,也成为了争议最大的一句口号。

1982年,最凶猛的声音来自北京,有人认为蛇口走偏到资本主义道路上去了。甚至还有一个耸人听闻的言论"深圳除了五星红旗是红色的,其他全部资本主义化了"。三人成虎,众口铄金。身处风暴中心的袁庚受了多大的压力,只有他自己知道。

　　1984年,邓小平首次深圳行之时,袁庚极为紧张。1月24日,邓小平在会议室里听袁庚汇报后,袁庚坐在邓小平身边,他拿手轻轻碰了碰小平同志的臂膀说:"小平同志,我们蛇口工业区有句口号叫'时间就是金钱,效率就是生命',我们不知道……"

　　听完这句,小平的小女儿毛毛顺口说:"我们在下来的时候看到了。"邓小平接过话说:"很好,很好。"听到这个短促有力的回答,袁庚五年来悬着的心终于落下了。他知道蛇口这下真正站住了,中国有希望了。

　　自此,这句成为中国改革开放的精神标语在全国各大省会推广开了,成为了改革开放的精神力量。而提出这句口号的袁庚,也被历史留名了。如今,那张拍摄于1981年底,第一块写着'时间就是金钱,效率就是生命'的标语牌照片,已经成为了蛇口抹不去的历史印迹。

　　1992年,已经75岁的袁庚正式退休,15年的蛇口工业区自治管理权也交回给了深圳。这位75岁的老者完成了蛇口"改革试管"的责任。晚年时期的袁庚,几乎谢绝了所有的社会政治活动。他连小区都不去,每天在家里练字、看报,深居简出。

离休后的袁庚挥别了改革前线,他对那些有幸来采访他的人说得最多的是:"思想解放是你们这代人的事了。向前走,别回头。"

2016年1月31日,袁庚去世。一时间,媒体热议喧嚣尘上,老一代深圳人无不沉痛哀悼,那些年轻来深创业者开始追问袁庚是谁。袁庚,这个1968年曾被罗织罪名打入秦城监狱的老人,花甲之年担起了邓小平改革开放的先锋官。15年里备尝艰辛困苦,备受非议争执;15年后隐没不言,事了拂衣去,深藏功与名。99岁的袁庚,带着他的一身勇气与正气,不动声色地完成了中国复兴的扭转。

在研究这段商业史时,吴晓波此刻的感受与当初又有不同,他在书里写道:

"当大变革隆隆拉开序幕的时候,那注定是一个呼唤勇士的年代。"《激荡·1978-2008》

袁庚,造就了蛇口,也造福了整个中国。

秉承蛇口精神的追梦人

时光流逝,岁月更迭。

袁庚退休之后,蛇口开始淡化改革先锋的角色。但那个由袁庚种下的改革基因却已经深陷了整个蛇口。如今，蛇口所孵化出的各类企业早已是中国企业中的领导者，蛇口培育出来的企业家早已成为中国企业家队伍里的中坚力量，甚至成为中国企业家的引领者。在这里，蛇口所强调的改革创新已经成为中国继续前行的指路明灯。

在蛇口，市场经济第一次萌芽。从最初的计划经济，到现在的社会主义市场经济，蛇口为中国的改革开放提供了试验地。政府的职能，从原先的市场决策者，变成了市场环境与秩序的维护者。因为这份转变，企业与企业家应运而生。蛇口是中国平安、万科、腾讯、招商银行、华为等大企业的创始地。而那些具有蛇口基因的企业家们，一再验证着蛇口精神的胜利。

秉承着蛇口精神的追梦人，现在都成为了中国企业家的中流砥柱。

1983年，马明哲来到了蛇口。两年后，蛇口工业区开始试行社会保障资金管理，这是中国的第一次尝试。当时的联合国劳工署副署长说："以国际上的惯例来说，这笔钱要由一个独立的实体机构管理才行。"蛇口政府认为意见正确，于是让招商局出资成立一家商业保险公司。1988年，平安保险在蛇口成立。这是新中国第一家股份制保险公司。

同年，33岁王石和43岁的任正非复员转业后的落脚地也在蛇口。任正非在蛇口一处破厂房里专门代销从香港带来的HAX模拟程控交换机，第一笔创业资金还是任正非和几个朋友凑出来的2.1万元。这家靠差价获利的公司取名叫"华为"。彼时，招商银行这家由袁庚出任董事长的全国第一家股份制银行，已经成立了一年。

在蛇口，资金与管理完全分开了。就像袁庚所说，只要行长负责制。虽然袁庚是招商银行的董事长，但招商银行所有的内部经营管理，他一概不过问。两权分离，成为蛇口企业家学到的重要一课，而招商银行的两权分离也让这家全中国第一个股份制银行迅速在市场上撕开了一道口子，并且成功地站稳了脚跟，得到了快速发展。

政策的支持永远都是暂时的，市场的表现才是永久的。自1992年之后，袁庚退休了。蛇口从巅峰开始下降了。作为中国改革开放的前沿阵地与发源地，蛇口第一个在全国打破"铁饭碗"。

说起今日蛇口，与三十多年前改革开放初期的蛇口不可同日而语。陈富昌是深圳迅展人力资源代理公司董事长，1983年来到蛇口，曾经参与蛇口育才学校的创建。在蛇口生活至今，他见证了蛇口工业区的艰难和破茧化蝶。闲暇之时，我常与他探讨蛇口历史，听他讲述过去激荡的三十年。

从他的讲述中，我能感受到蛇口带来的精神一直都是深圳发展的软实力。从商业的角度来说，蛇口精神是蛇口发展的定海神针，蛇口的企业家们虽不再享受到当初政策眷顾时的大笔投资与倾斜，但却用最宝贵的蛇口精神坚持创新和发展。

改革与创新，字字千钧。

我在蛇口居住生活近10年，抛开高房价不说，蛇口是个很宜居的地方，更是富有人文精神的热土。我常常一个人在海边跑步，吹着凉爽的海风，听着海浪的声音，憧憬美好的未来和人生，心底则对脚下的土地生起油然的敬畏。

2015年4月，蛇口重新被深圳人关注。因为蛇口发生了两件事：一是房价飞涨，二是前海蛇口自贸区的成立。

前海蛇口自贸区的成立，将蛇口与前海联系在了一起。中央将蛇口与前海连成一片自贸区，出人意料，却又在情理之中。而自贸区，是中央的另一次改革创新举措。认真思索，为何当年的蛇口改革开放能取得成功？

因为蛇口精神不仅仅是"时间就是金钱，效率就是生命"。每一次的改革必然伴随着阻力，必然需要面对无穷的抨击与非议。但是蛇口的力量在于，面对争议，它能选择搁置争议，妥协渐进。哪怕出发时并不能确定，哪怕历经再多迂回，务实而坚持，最终达到了自己的目的。与那些一上来就打破一切，推倒重来的改革相比，蛇口的"不争论"效率最高。

蛇口，这份精神一直都在。从一个小渔村到国际化大都市，再到现在正在筹备的粤港澳大湾区，一切竟是如此神奇。

或许，每一个改变的历史都来自开拓与创新，每一个曾经被撼动的过去都意味着那里燃烧过梦想的灵魂。一个国家要前进，必然要有开拓者；一个地区要前进，必然要有拓荒者。蛇口精神正意味着那股势不可挡的创新，那段奋力燃烧的生命，那条艰难险阻亦从不退缩的勇者精神。

写蛇口的初衷，除了因为我居住在蛇口，想表达对这个地方的热爱，对蛇口精神的崇敬外，在我内心深处一直有个坚定的声音"忘记过去就等于背叛"。铭记过去才能在蛇口这片经历过两次改革创新的改革试验田里找到坚持的初心。毫无疑问，作为一个商业观察者，我有责任和义务去书写这个与我有着特殊情感的地方。

世上告别袁庚，改革仍在进行。

四十载已逝，历史重回旧地，前海蛇口自贸区再一次踏上了征程。我们不会忘记蛇口精神，我想，历史也不会。

P. 098　　　　　　　　　　　　　　　　　　　　　　　相 遇

蛇口见证了整个深圳的变迁。

香港的天星码头与雪糕车

许多年前,带给我们欢乐的,是多么简单的一些小东西。

香港像一座精密而昂贵的机器,所有的人都在努力向前。极度重视的私人空间,严谨而礼貌的交往方式,无一不证明着这个以结果为导向的城市容不下太多哀伤与温情。精明甚至冷清的城市气质里,却意外地酝酿出了一处温暖之地——天星码头。

天星码头是香港岛的必备码头,因为太多的故事发生在这里，所以这里已经不止是一个码头，已俨然成为一处精神象征。有别于狮子山的刚毅，有别于维多利亚港的洒脱，天星码头就像是香港人的初恋，美好而难忘。

由于天星码头要搬家，码头上的大钟和钟楼要拆除，这块香港中环的中心地段等待着新的发展。设施更完备的新码头则等着香港人去爱上她。新的浪漫还会出现，只是，"苏丝黄的故事"不会再发生。21世纪有21世纪的故事。

有人说，这就是香港，一个从未停止改变的城市。香港人很快接受了拆迁天星码头的这个现实，理性已经成为城市性格之一。但这份不舍，却自发地凝聚出了一个温情洋溢的夜晚。

香港天星码头的最后一夜，就给了我这样的感觉。那一晚，码头附近一辆雪糕车前排起长长的队伍，人们慢慢地等待着一杯杯雪白的软雪糕。当雪糕慢慢融化在口中，一丝丝甜蜜渗入心扉时，人也走上了过海小轮，依依地随着小轮穿行于维港两岸灯火。灯火照着夜色下的海洋，喧闹的人群里回忆依次浮现。温情像此刻潮湿又温柔的海风，轻轻把人带回到曾经的时光里。

有些人，有些事，有些东西，可能很久没在你面前出现，又或许你久久未再去找寻，于是你以为淡忘了。然而，当记忆渐渐远去，这些人，这些事，这些东西，偏偏重现在你眼前。

在美好的时代

你惊觉原来从未忘却过,一如深埋你心底的初恋。彼时彼刻,许多人的脑海里,都会是天星码头的两岸边、轮渡上的人生故事吧。

这码头,承载着人们的集体回忆,15万人等待至午夜12点。"叮当叮当",码头钟楼发出她的报时绝响;最后一班告别航小轮,响起摩尔电码"Good Bye 再见"的汽笛声;陪伴了香港人48年的天星码头完成了最后的使命。一片闪光灯中,码头灯光徐徐熄灭。但明天,数里之外,中环地标的摩天商厦国际金融中心外,小轮将再鸣笛,灯光也将再亮起。那里,新的码头将会启用。

那天晚上,感动我的还有雪糕车。那一年,香港的冬天姗姗来迟,十一月底了还没寒意。在天星码头,雪糕车陪伴着许许多多的香港人。

雪糕车,是香港独特的地方文化产物之一。那悠悠传来的音乐,让人一听就知道雪糕车来了。拉着父母的手,顺着音乐找寻雪糕车,然后慢慢享受那入口即融的香甜,这一定是许多人最美好的儿时经历吧。或许有人曾为了要一杯雪糕,赖到地上"扭计"(广东话"撒娇"的意思),被父母打过小屁股,但每次听到雪糕车的召唤,嘴馋还是压倒一切。

只是，近些年雪糕车在香港已渐渐少见了。为了整顿市容，香港政府不再发出新的"流动小贩牌照"。雪糕车属于"流动"小贩，不能幸免。后来有议员觉得可惜，建议政府采用一个折中办法，为雪糕车重发一个固定的冰冻甜点牌，但数量有限。于是，雪糕车从"流动"变成了"固定"。幸运的是，虽然数量少了，雪糕车还在。

于是，那天晚上，那辆"固定"在天星码头外的雪糕车成了缅怀昔日故景的人们的最爱之一。坐着轮渡过海，加上一杯软雪糕，幸福就这么简单。

在美好的时代　　　　　　　　　　　　P. 103

有别于狮子山的刚毅，有别于维多利亚港的洒脱，天星码头就像是香港人的初恋，美好而难忘。

香港为什么迷茫？

> 我们生而破碎，用活着来修修补补。　　——尤金·奥尼尔

香港曾是一处被大陆人仰望的地方。

那里曾有大陆人艳羡的高楼大厦，最时尚的生活方式，还有各种社会福利。然而今天，这一切似乎已经褪色。香港经济经历痛苦的调整，产业转型一直未能成功，在中国经济角色中日渐削弱。

2017年是香港回归20周年。过去的20年，香港历经风

云变幻，似乎找不准自己的定位，大多数人对于发展模式的转变还没有意识，没有心理准备。但谁也无法说清，这座拥有700万人的超级城市，何时开始了迷茫之旅。

狮子山下的香港精神

曾经的香港，不仅有着兼收并蓄的能力，同时有着海纳百川的心胸。

2004年8月24日，我因入读港科大，第一次南下香港。香港潮州商会会长的儿子小黄，提前在深圳皇岗口岸接我，一辆两地车牌的大奔从深圳开往香港九龙清水湾。初次入港，一切对我来说是那么的奇妙，小时候父辈给我描述的天堂般的香港，自己终于可以目睹，心里兴奋不已。

我一边欣赏沿途的风景，一边听着车载播放的歌曲，觉得特别好听，似曾相识。小黄说，歌名叫《狮子山下》，我很好奇地问起狮子山来，想聆听关于狮子山的故事。小黄零星地介绍起来，他说他也是从父辈那里听来的，《狮子山下》的歌词讲的是父辈们的故事。

后来我翻阅了许多关于狮子山的介绍，还看了曾经轰动香港的《狮子山下》系列剧。《狮子山下》是以良鸣的屋邨为中心，讲述市民逆境自强的励志故事。当经济低迷时，港人互相打气，经常会说起狮子山。狮子山俨然成为香港精神的化身。

2004年9月的一个周末，我和港科大的同学一同来到九龙塘狮子山，亲身体验这座代表着香港精神的狮子山。

香港狮子山，早在1.4亿年前就已形成。这里从前是一片大熔岩，岩浆由西贡及九龙喷出，后来火山停止爆发，大熔岩在海底慢慢冷却成了花岗岩，地壳的变动使花岗岩突出地面，形成了新土地。狮子山上那头俯伏山顶的"狮子"，是由大自然操刀，经过数百万年不断的风雨侵蚀而形成。香港大部分山都由火山岩形成，狮子山则是花岗岩。花岗岩不及火山岩能抵受风化侵蚀，但狮子山却十分特别，几百年了仍可清晰见到"狮子"的头、身及尾。

这份不被侵蚀的坚持，成为香港精神的最佳代表。第一代香港人正是通过不断地打拼，才拥有了如今的地位。如李嘉诚，一家人为了逃避战乱来到香港，战争与动乱一直逼迫着他。一无所有的李家与每个因战乱而伤筋动骨的家庭一样，父亲李云经为了维持生计累成了肺病，拖了两年最终因无钱医治逝世。长子如父，为了养活母亲与三个弟妹，当时年仅14岁的李嘉诚只能辍学打工，挣钱养家。

在美好的时代

不过短短几年，20岁的李嘉诚便凭借过硬的推销业绩，成为塑料花厂的总经理。机会从来只留给有准备的人。回顾李嘉诚的创业，从无到有，每一点成绩都来自于血汗般的付出。

"金钱可以使人卑微，也可以使人卑贱；可以使人高傲，却无法使人高贵。"这段出自李嘉诚的话，验证了每一位靠自己双手打拼的港人的心情。

每一位白手起家的香港人，都把狮子山视为自己的精神图腾。从无到有，从有到新，前路再艰险，遥望狮子山的时刻，内心总能得到慰藉。狮子山已经化作一股隐形的精神力量，融入每一位港人的心中。香港精神是一种自强不息、从不抱怨、从不颓丧的精神状态。

因为身无长物，所以更加努力。对于一个地区来说，一无所有并不可怕，因为最宝贵的资产永远都是人。只要身处其间的人奋力拼搏，一切终归会有希望。

今天的香港面临着各种挑战，时不我待之时，拼搏依然是所有人唯一的出路。今天的香港更需要这种精神：虽历经风霜，依然执着向前。

生而贫穷不可怕，死于奋斗尚可嘉。可怕的是生于贫穷，死于颓丧。如今的香港面临着新的问题与挑战。这份动荡与不安，落到安稳踏实的奋斗之上，必然能化险为夷。可惜的是，香港似乎迷失了。

抛开那些情绪与纷争，这座曾经在战乱与废墟中建立起来的繁华都市，到了今天更需要那份狮子山一般的沉稳与自尊。

香港可以有噪声，可以喧嚣，但凝聚着香港几代人心血的香港精神却不可以沦陷。同一扇窗望出去，有人看见泥泞，有人看见星辰。

流浪精英缔造自由精神

香港的过去曾经是一段静默的历史，在漫长的封建时代，这里没有发达的农业，不过是一处寂静而萧索的海滩。在历史的长河中，香港留下重要痕迹的是两件事：1840年英国对中国发动战争之时在这里登陆；1842年清政府将此处割让给了英国。

世界上任何一处殖民地都有着血泪般的历史，香港也不例外。列强在这里践踏，也在这里收割利益。

在这样的历史背景下，香港开始了近代化的征程。战乱频繁的时代，香港迎来了无数难民。香港的人口基础也是在这样的背景下积累起来的。第一次持续四年的人口迁入，发生在第一次世界大战时。那时大陆的各大军阀混战不休，国家民不聊生，1914 年到 1918 年，很多人选择离乡背井去往香港。

第二次难民迁入是 1937 年，日本正式向中国宣战，中国大地硝烟弥漫，无数生离死别。

第三次移民迁入是 1949 年，中国结束了被欺凌的日子，新中国成立后，国民党四散奔逃。每次奔逃，意味着生的希望，也意味着不可预料的风险。这座小小的海岛，成为无数人新的希望。

第四次移民迁入是 1960 年，大陆闹饥荒，饿殍遍野，很多难民用尽最后一口气攀上这座海岛。

第五次人口迁入是"文革"时期。

第六次则是改革开放之后，大陆人因为求学、工作而来到这里。

每一次人口迁入，都为香港带来了大批的劳动力和人才，同时也带来了无数新的人生故事。大陆成为香港人口的增补地，每当发生战争或灾害，大陆人便会涌向香港。当然也有一小部分是赤贫的难民，他们会趁着夜色向着生的希望前行。而绝大部分是精英，是"流浪精英"。

这小小的一隅，不仅承载了整个中国近代史所受的屈辱，更呈现出中华传统与西方文化的交织和渗透。

历史行进到今天,"流浪精英"不再迁入,谁来缔造香港精神的内核?现在,从表面上看,香港问题似乎集中在了普选、人口和房价地价方面。但实际上,深入研究后就会发现,香港最严重的问题是方向迷失。

因此,香港急需考虑定位问题,是做中国的香港还是世界的香港?如果把香港放在了整个世界的范围内,那么香港在各方面的定位必然不同。这意味着香港在行业布局与人才引进等方面,将面临更开放的选择,才能使这里成为全球聚才之处。

香港之所以为香港,很大一部分的原因是,这里"流浪精英"聚合之后形成的多元化氛围。这已然成为香港难以动摇的竞争力。香港人需要有开放而良好的心态,需要对各类文化各类意识平等接纳。各种文化在香港叠加与碰撞,最终形成了香港欣欣向荣的状态。文化是一种软实力,也是香港之所以国际化的关键。

在历史的推动下,香港拥有"金融中心"与"航运中心"两个国际化的标签,主要借力于香港的人才优势,得力于香港便利的地理位置,再加上极为发达的金融业,相辅相成,酝酿出了"国际购物天堂"的美誉。可以看到,在"流浪精英"的推动之下，香港更多的是基于勤劳肯干和拼搏精神才获得了这些成就。

每一次"流浪精英"的注入，都为香港带来了新的机遇。所以，哪怕贫瘠的资源也不能阻止这座小小的岛屿一跃成为世界级中心。这里上有高端人才的智慧引领，下有基层公民的拼搏苦干，历经岁月方成为今天的香港。

历史行进到今天，未来香港是否能继续成为精英人才的栖身之所？

这个问题值得我们认真考虑。

相 遇

拥挤而逼仄的街道里,处处可见广告招牌,陈旧的街区店铺林立。

台湾味道

人们所了解的中国,大陆是主体,另外还有台湾。岛虽小,却不乏中华民族的文化精粹。

对于大陆来说,台湾像是一处游子的家,那里盛满了乡愁:

小时候,
乡愁是一枚小小的邮票,
我在这头,

母亲在那头。

长大后，

乡愁是一张窄窄的船票，

我在这头，

新娘在那头。

后来啊，

乡愁是一方矮矮的坟墓，

我在外头，

母亲在里头。

而现在，

乡愁是一湾浅浅的海峡，

我在这头，

大陆在那头。

——余光中《乡愁》

  这首诗表达出了台湾人对大陆的思念。一衣带水之地，一脉相承之缘，却被一湾浅浅的海峡隔开良久。这座小小的岛屿，就像离家太久的游子，灵魂依然，却满含深情的眷恋。

  这些年，随着两岸关系的贴近，越来越多的人选择去台湾旅游。两岸因历史问题分隔数十载。大陆改革开放后，不少台商来到广东、浙江等地经商，更有不少人开始在大陆安家落户。随着自由行政策的放开，更多的大陆人前往台湾，增进对台湾人民的了解。

近年来我也时常会去台湾游玩，除了被台湾的景点和美食所吸引，更多的是为了探寻中华传统文化，寻找中国味道。

2013年，博商会组织企业家前往台北、花莲等地做慈善交流。那是我第一次去台湾，我们不是走马观花似的游览，而是深入台湾民众的生活，体味台湾的生活味道，感受当地人每天的衣食住行，去看他们看见的事物，去听他们听见的声音。

初到台湾时，会有些许心理落差。台北有些破旧，跟深圳比感觉要落后十年。比如台湾连个气派的机场都没有，一路看去，也多是不高不矮的楼、不宽不窄的街。这些小小旧旧的楼，这些朴素而简单的小城市，就像天地间简朴的所在，不起眼，不耀目，第一眼看过去，兴趣寥寥。第一次到台湾，并没有看到什么亮点，这让我们博商的企业家有一种莫名的"自豪感"。

台湾人说话很亲切、柔和，对人态度热情。台湾每一处街道的名称都是那般熟悉而亲切，让大陆游客倍觉温馨。

台湾有八德楼，八德指忠、孝、仁、爱、信、义、和、平。

台湾以忠孝仁义命名道路。道路不只通东西南北，也通古今。东西主干叫忠孝路。南北纵横叫复兴路（台北）；还有仁一路、信二路、义三路、爱四路（基隆）；或者一心路、二圣路、三多路、四维路、五福路、六合路、七贤路、八德路、九如路、十全路（高雄）。

台湾还有以大陆城市名称命名的地名，如迪化街、青岛路、金山路、酒泉街、瑞安街、柳州街、绍兴路、贵阳路、舟山路、济南路、临沂街、太原街、库伦街、重庆路、承德路、桂林路、广州街、凉州街、哈密街、兰州路、长安路、西藏路、成都路、宁波街，等等。台湾的街道名称像是大陆城市名称的荟萃。

龙应台在她的《大江大海一九四九》一书中解释了这一原因："原来国民政府在日本战败以后，1945年11月17日就颁布了《台湾省各县市街道名称改正办法》，要求各个地方政府在两个月内把纪念日本人物、宣扬日本国威的街道名称改正……新的命名的最高原则，就是要发扬民族精神。1947年，一个来自上海的建筑师郑定邦，奉命为台北市的街道命名。他拿出一张中国地图，浮贴在台北街道图上，然后趴在上面把中国地图上的地名依照东西南北的方位看，一条一条画在台北街道上……所以台北城变成一张中国大地图的时候，国民政府根本还不知道自己会失去中华民国的江山。"

　　抛开历史原因，当岁月涤荡了所有的往事，剩下的便只有一脉相承的民族精神。这份民族精神便是乡愁的源头，便是故事永不结束的开始。

台湾·诚品书店

　　诚品书店是台湾的文化名片。

　　诚品书店最先是在台北市仁爱路圆环处开办的书店。诚，代表一份诚恳的心意，一份执着的关怀；品，代表一份专业的素养，一份严谨的选择。"诚品"二字，便是诚品书店对美好社会的追求与实践。在这里，人文、艺术、创意、生活融为了一体。

　　创始人吴清友，出身贫苦，他的家乡位于台南县将军乡最西边的贫穷渔村马沙沟，父亲吴寅卯是村里唯一一位受过高等教育的人。成年后的吴清友在台北工专毕业之后，因为先天性心脏扩大症得以免服兵役。之后他靠自己的能力进入了一家城建公司，并且取得了很好的成绩。

　　也正是这个机会，吴清友于1989年创办了以建筑、艺术为主的诚品书店。这是一家完全代表了台湾气质的书店，那些传统书店里逼仄的气息荡然无存，取而代之的是悠然与享受。在这样开阔而明亮的空间里，浓浓咖啡香加上书香，优雅而简洁的装潢让与其他书店划开了鲜明的界限。

诚品书店代表了台湾人的品位和抱负。可以说，不去诚品书店，不能完整地理解台北。甚至从某一角度来说，诚品书店代表了台湾的精神。逛诚品书店已经成为一种精神享受，现在，诚品书店已经不只是一家书店了，而是一个可以让人体验生活美学的创意生活空间。信息时代下，看报纸杂志的年轻人已经越来越少了，但养成看书习惯的人依然很多。从这一点来看，诚品书店的存在更像是一种对文化的坚持。对于一个人来说，读书是一种人生态度；对于一个社会来说，读书是不沦为"低智商社会"的保证之一。

现在，诚品书店已经成为台湾的文化名片、文化景点，也是台湾最具代表性的地方。越来越多的国际旅人去台湾时都会去一趟诚品书店。这里不只是台湾人的最爱，还吸引着更多人为之远道而来。我的恩师，原香港科技大学工商管理学院院长陈家强教授，每次造访台湾时，都会花半天时间到诚品书店买书。

现在的台湾正在大力推动文化创意产业，借力于文化创意产业来拉高经济增长。台湾观光局在香港的电视宣传片里还专门穿插了诚品书店的宣传片断。在诚品书店，一本书通常需要花费二三百元新台币，兑换成人民币便是四五十元。从价格上来看，这些书并不便宜，有些专业门类的学术书可能更贵。但是，高昂的书价并没有影响诚品书店的客流量。

2017年7月18日，台湾诚品书店创办人吴清友因心脏旧疾，在台北的办公室去世，享年68岁。消息一出，网络上皆是诚品书粉、爱书之人的刷屏悼念。

吴清友的去世震动了台湾的文化界。作家龙应台说："有些人飞扬跋扈，其实真实的贡献很薄。有些人默不做声，做的却是静水流深的事。"

向吴清友先生致敬，向台湾诚品书店致敬！

台湾·人与情

台湾是一处人情味很浓的地方。

在费孝通的《乡土中国》里，"礼"作为社会公认的行为规范，主要是在社会更迭的教化中养成个人的敬畏感，使人主动服膺。在中国的传统文化里，"忠孝礼义"是为人处世的准则，也是立足之本。

中华民族的里子是乡土中国，在台湾，他们仍保持里长邻长的设置，居民一有矛盾或问题，先靠传统的办法协调。其实，中国社会发源自里长邻长，每一处聚集的村落里，逐渐发展出相应的规范。那些有威望的人代表着这一处村落的处事规则，正因为如此，在中国，人治更多地体现为一种人情味。这种人情味代表着一种约定俗成，也代表着一种源远流长的默契。

在台湾，文化与人情会出现在每一个台湾人的脸上。正如去台湾的导游所说，台湾最值得感受的，最值得珍惜的，恰恰是那一份人情味。每一份从乡土社会出发逐渐扩展到陌生人社会的人情味，奠定了台湾这样平和而有爱的社会氛围。在台湾，陌生人问路都会得到热情而详细的回答；如果遇到紧急情况，身边的陌生人会马上伸出援手。每一个台湾人都把台湾当成了最温馨的所在，这份爱不仅体现在对待每一个来台湾的游客身上，还体现在台湾的环境上。台湾人口众多，但是污染与垃圾却并不常见，这是因为台湾人已经习惯了自己收拾自己的垃圾，妥善处理每一份垃圾。

在台湾街头，垃圾桶并不常见。一是因为是大家都会自觉收拾好自己的垃圾，另一个原因则是在无形中督促大家少制造垃圾。所以在台湾有句笑话，那些LV包包也只能用来装垃圾了。

在美好的时代

不需要那般凌厉的惩罚与警告,在台湾,似乎一切都平和了。

这样平和的所在,却有着外人看来激烈至极的选战。对于大陆人来说,台湾的选战简直可以用"无所不用其极"来解释,甚至有很大一部分大陆人认为台湾人天生好战。其实不是,除了那段特殊的选战时期,他们并不是嗜好政治,而是基于对家园的责任心全力发表自己的意见,其他时间里,台湾人都极为平和,台湾人的日常就是谦恭而沉着地过日子。

这份谦恭,处处可见。比如说在台湾,修一处机场,那么第一步就会设一个道歉启示。这份谦恭不仅体现在启示的语气上,更体现在施工时全力设计的便民设施。谦恭本是中华民族的美德,公权更应如此。所以说,友善是台湾人的代名词。官员依然保存着古风,人际交往里更多的是温存与体谅。友善不是软绵绵的台湾腔,更不是标语,也不是装出来的,不是面子,而是里子。

粗略地看,台湾的城市与大陆的珠三角城市,根本看不出有多大差异。但从细节来看,台湾则是一道别有风味的风景线。环游世界的学者金观涛曾说,走遍全球的华人社区,最适宜居住的还是台湾。台湾综艺"教父"王伟忠曾说过一句经典评语:北京好看不好玩,台北好玩不好看。

的确如此，一个地方的风景不过是附加，一个地方的人情味却是无可替代的竞争力。在台湾，公路沿途会有许多主题民宿，民宿其实就是家庭旅店。这已经成为台湾的重要文化，尤其在台湾最南端的垦丁，民宿均是小巧而精致的，每一种设计都透着主人的审美趣味和品性。民宿风格不同，组合起来丰富而有趣。在台湾，不同地区的民宿都有着台湾文化里传统与创新的印迹。

台湾的人情味还体现在每一处的招牌里，这是一个依然使用繁体字的地方。繁体字有一种天然的古朴感，繁体字里浓浓的人情味也让人眷恋，成为提醒人们内心柔软的所在。

这份每日所见所得的熏陶，或许就是造就台湾人情的关键因素。在这里，文化与人情没有冻僵在冷冰冰空荡荡的博物馆里，更没有流落到历史冷清的角落里。它们安然而熟悉地待在每一个台湾人的生活细节里，随着每一次目光流连、每一次回眸而传承下去。

在这里，排队、助人、志愿者活动，都是自然而然的本能。那些远道而来的游客们，正是感动于这温馨的人情味，流连忘返、乐而忘忧。如果你在暑期去台湾，"百年树人"的学生夏令营随处可见。在台湾，宗教信仰是一件如呼吸一般自然的事情。这里庙宇众多，随处可见许愿与祭拜的人们。对于大陆游客来说，这种信仰有些陌生，甚至难以理解。

台湾最著名的四大佛教场地是：佛光山、法鼓山、中台禅寺和慈济会。在台湾，庙堂数目高达一万多处。街头巷尾处处可见宣善的标语，台湾政界人士经常用拜庙的方式与群众联络感情。随处可见的土地庙对信众的心理有着简单而直白的暗示：护国佑民。所以，台湾的宗教又称为"人间佛教"。

寺庙都在喧嚣人间，不在那深山古刹人迹罕见之处。居民小区也好，阳明山上也好，街头巷尾也好，寺庙存在于每个台湾人的生活里。台湾人最信奉的是妈祖，其次是观音，第三便是土地公。在台湾人的心里，信仰便是心诚则灵。只要大家愿力凝聚，必然能实现好的愿望。信仰与迷信无关，只是劝人向善。

宗教的感化融入了台湾人的平常生活里。比如高雄的宾馆里，每间房里都有三本赠阅的书：《佛教圣典》《圣经》和证严法师的《静思语》。三本书静静地摆在一处，和谐而平静。

台湾的大专院校都会有一个劳动服务课程，持续时间是一个学期。这门课的内容就是进行社区服务、劳动服务。台湾的艺术课重视学生的音乐欣赏能力和艺术鉴赏能力。在这里，学音乐不是为了成为音乐家，学美术也不是为了成为画家，只是为了提升鉴赏与欣赏能力而已,所以台湾到处有画展和音乐会。这都是因为民众有着较高的艺术欣赏水平,能在日常生活之外的艺术活动中获取营养。这些艺术素养其实也构成了台湾文化的一部分。因为心有高山流水,所以不争不抢,平和自在。

温柔的台湾腔下,是自重而不失平和的淡然。正因这种态度,台湾人的性格更为豁达。他们认为,工作是生命的完整体现,并不是单纯只为了生存。所以台湾人在工作之余,只要行有余力就必然会参加相应的义工。台湾的义工组织极为发达,民间援助、互助活动也是民众生活的日常。民间宗教带来的信仰力量,再加上中华文化里的传承,让整个台湾在平实的人情社会中,拥有紧密而柔韧的文化力量。台湾的日常,更多的是人文与平常,友善的民众,互助的气氛。这种感受,对于台湾人来说,是再平常不过的了,但对于在现代社会喧嚣里寻找不到温情的人来说,却是一种难得的体验。

这份力量让每一个台湾人都有着安然的笃定,更有着自在而热情的心胸。

在 美 好 的 时 代

台湾·小吃

在台湾，小吃是第三张名片。

台湾有一句话："非五十年不够地道。"在台湾的街上，随便走进一家阿公阿婆开的馆子，装饰可能简朴，但馆子的历史却不能小看，上百年的馆子在台湾小吃街头很常见。台湾的小吃摊很有名，但台北的夜市更有。台北夜市就是一道诱人的风景线。

这些小吃摊基本上都是子承父业，子女们把原先的老店进行品牌化运营，用现代营销的手法来经营家族产业。在这个过程里，商业的理性与传统的自豪交织在了一起。百年老店里，最多的便是一脉相传的骄傲。屏东有一家"四学士牛肉面馆"就是由四个姐妹一起开的，这家四个姐妹全是学士学位，毕业之后都来开牛肉面馆了。

在台湾，大学生毕业后的月薪一般是 2 万 4 千新台币，相当于五千元人民币，每天工作八小时。开一个牛肉馆每天至少要工作十个小时，灶前火后汗流浃背。但对于拥有这些老字号的年轻人来说，用自己的努力把几代人的品牌做下去，是一种家族荣耀。这些受过高等教育的大学生并不觉得饮食行业是低端行业，反而每天开开心心忙到很晚。比起给别人打工，自己创业会更用心。有恒产者有恒心，这便是台湾的家族文化。在台湾，一家小吃店馆往往是几代人的心血。正是这种基于认可与自豪，才会让台湾的传统延续至今。

在台湾，每家小吃店都会做到不管经历几代人，味道都是原汁原味。孩童时期吃到的味道，到了中年或老年，依然可以寻到同一种味道。不论是小吃还是民族，有根，才会有未来。

以台湾"饭店教父"严长寿的话来说，台湾社会可以分为三个阶段。第一阶段，那时人们刚刚能吃上饭，开始由贫转富，所以大吃特吃，一个个肥胖而累赘，几乎个个都是"三高"患者。到了第二阶段，饮食开始转向清淡养生。这一阶段里的重点是要吃得健康，吃得营养。第三阶段，摆脱了前两阶段的短板，不再是为了口腹之欲，更不是单一的养生，而是要吃出文化与艺术。

台湾小吃，来自民间，扎根乡土，以其纯朴自然的本色深受食客的喜爱，造就了台湾人生活中最具代表性的饮食文化。

在美好的时代　　　　　　　　　　　　　　　　P. 127

诚品书店代表了台湾人的品位和抱负。不去诚品书店，不能完整地理解台北。

鼓浪屿：生活在别处

　　一个人生命中最大的幸运，莫过于在他的人生中途，即在他年富力强的时候，发现自己真正的使命。

　　2016年清明节假期，我从深圳自驾前往厦门鼓浪屿，中间途经潮汕大地，瞻仰了祖先，探望了父母，经过一天的时间，来到厦门鼓浪屿。

　　下午四点，踩着时间点，我们飞奔赶到码头。人群中匆匆忙忙地挤上一艘两层的渡轮，刚踏上甲板，背后的铁栅栏门随即关闭。这让我想起英国电影《滑动门》里的情节：主人公因赶上或错过地铁，而遭遇了两种截然不同的人生。此刻，渡轮缓缓地驶向不远处的鼓浪屿，风吹动海水拂过堤岸的边缘，犹如母亲婆娑的手，让人感觉无比惬意。

来到岛上，我们先乘坐电屏车快速地游览了全岛，然后开始了步行和漫无目的的游逛。太阳渐渐地沿着海平面消逝，悄无声息。我拿出手绘地图端详了许久，与实际地形反复比较。这里的建筑都是借山而建，高低错落，毫无规律可言，让本来方向感就不佳的我更加错乱，索性跟着人流走去。

漫天的天线，晒在天线上的衣服，蜿蜿蜒蜒的走廊，斑驳的旧木窗。眼前的这个地方的风景是如此丰富：建筑、历史、生活，有太多的可能。我心中有太多的欲念需要实现，踌躇的心绪束缚住了我的手脚，让我在某一时刻搞不清楚接下来要做什么。

同行的朋友着迷于岛上的风景，专注于摄影，树木、建筑、海景在夜色下显得格外清晰。我则停下脚步，站在岸边朝出发的地方回望。这座城市正渐渐浸入夜色，高楼倒影于平静的海平面，仿佛海市蜃楼。我们费尽辛苦来到城市打拼，却发现理想远在城市之外。

鼓浪屿店铺林立，已经过度商业化，但这里的人们似乎还保留着以前的淳朴。他们不会为了兜售商品而刻意讨好你，他们只是在单纯地做自己。

　　路边的酒肆，温馨的小旅馆，以及精致的咖啡店里，随处可见停下休憩的旅人。路上的行人慢慢走着，有的熟稔，有的萍水相逢。走了一天，肚子开始叫了，我想，也该坐下来品尝一下岛上的美食。点了一锅海鲜砂锅粥和一杯鸡尾酒，讲真，砂锅粥远远不如潮汕人做的地道。夕阳晚风里，听海涛喧响。慢，早已是一种失传已久的快乐。

　　旅行最奇妙的地方，就在于你到了完全不一样的一个地方，当地人的价值观，人们对生活的感受，跟你完全不一样。那时你才知道，你局限在一个多么小的空间里，你会发现，世俗的成功其实并没有那么重要。

　　长久以来，我们一直被灌输着这样的价值观：努力工作，追求人生与事业的不断进步。我们总是认为未来会更加美好，盛大的演出还未开始，眼前的一切只是彩排。这种直线式的人生观，代表着捷径、速度和高度。

　　世事难料，我突然觉得，人生的价值或许不是要迅速地达到某种高度，而是快乐地度过每一天。

一个人生命中最大的幸运，莫过于在他的人生中途，即在他年富力强的时候，发现自己真正的使命。与此相对应，一个人生命中最大的不幸，莫过于在人生的某个时候，失去了对生活的掌控，任由命运主宰自己的人生。

一路走来，我们经历过彷徨与迷惘，经历过挫折与困顿，但我们从没想过要放弃。其实，所谓的勇气，并不是承担起重任，而是过自己想要的生活。

谨以此文献给生命中遇到的每一段缘分。生命的旅途中，感谢曾经有你们的陪伴！

相遇

一个人生命中最大的幸运，莫过于在他的人生中途，即在他年富力强的时候，发现自己真正的使命。

在美好的时代

清迈，小城故事多

人生需要放空，跳开生活，去别处感受别样的美。

初识清迈

"小城故事多，充满喜和乐，若是你到小城来，收获特别多。看似一幅画，听像一首歌，唱一唱，说一说，小城故事真不错……"这是邓丽君《小城故事》中的歌词，写的就是清迈。清迈，曾是邓丽君生前最后的驿站，也是她最喜欢的城市。

我喜欢每年春节假期去往一个陌生的城市，寻找一处安静的角落,放松自己,感受生活,思考未来。2017年的春节假期,我选择去邓丽君生前最爱的小城——泰北城市清迈。

飞机飞过清迈的上空,高空俯瞰,山区丛林密布。密丛之中隐隐约约能看见护城河环绕着一座方方正正的古城,少了几分熙熙攘攘、繁华大都市的景色。清迈虽然是泰国第二大城市,却凸显着与曼谷截然不同的氛围,给人一种宁静小城的感觉。如果说曼谷是北京、上海,那么清迈就是大理、丽江了。

飞机到达清迈机场时,与曼谷相比,清迈机场小而精致。落地签的工作人员办事效率极高,整个通关过程不到20分钟,而且态度特别友善,这给我留下非常深刻的印象。

从机场到酒店,一路上见到最多的是悼念国王普密蓬·阿杜德的画像及灵台。2016年10月13日,泰国历史上在位时间最长也最受爱戴的国王普密蓬去世,全民守孝一年。清迈大街小巷,每隔百米必有一处悼念灵台,足见老国王在泰国民众心中的地位。

酒店安排在市郊,宁静而朴实。这个地方我很喜欢,因为我喜欢一个人漫无目的游走,体验当地最真实的生活。到达清迈的当天下午,我漫步于村落,见路边一农妇卖玉米,想过去尝鲜。农妇先用泰语与我打招呼,见我听不懂,于是用她仅会

在美好的时代

的一点点英文结巴地与我交流起来。

泰国作为世界五大农产品出口国之一,在农业方面成就突出。泰国更是亚洲唯一一个粮食净出口国。我漫步在市郊时,买到的食物又便宜又好吃,品质上乘,这也从侧面证明了这个国家的水土丰茂。

清迈大学,泰北最高学府

每到一座城市,我都要去看看这座城市里最好的大学,不为别的,只为感受那份青春和朝气。

清迈大学,于1964年1月由普密蓬国王殿下批准创建,是一所以医科和工科专业出名的泰北高等学府。泰国前总理英拉就毕业于这所大学。燥热的太阳,给了校园植物滋长的力量,清迈大学里到处花团锦簇,绿树成林,若不是一座座具有设计感的建筑散落其中,我还以为这是一片自然生态植物园。清迈大学最著名的景点是静心湖,湖面宽广,湖水清澈,一阵轻风吹过,湖面波光荡漾。

走进大学,最重要的是看两个地方:图书馆和学生食堂。这里的图书馆不算大,但图书种类齐全,学生也都爱读书,这与我印象中泰国影剧里的校园情节多有不同。学生食堂比较简陋，类似夜市的摆摊，但种类繁多，应有尽有，看得我直流口水。这所位于泰国清迈市的唯一一所国立大学，学生人数超过三万人，泰国学校独有的校服文化让我一进去便感受到扑面而来的青春朝气。当时的普密蓬国王，为了让泰国北部地区的学生们也能享受到与首都一样的教学资源，特意开办了这所大学。

众所周知，泰国人妖很多。"人妖"这个词最早发源于港台，其实在泰国叫作"lady boy"。这些从小因为生计所迫而服用雌性激素的男性在泰国很常见，这也是泰国的一种特色，现在泰国人妖保守估计已经达到六十四万人。

泰国人妖的存在只是一种个人意志的体现，在当地不会被歧视。人妖也能做很多行业，甚至是政府公职人员。所以泰国的平等与包容足见一斑。

古城故事多

第三天住进清迈古城。踱步在古城里，能体验到这个城市的宁静、朴实、美丽和深厚的历史底蕴。

我喜欢这里的寺庙，清幽、不张扬。一个人，静静端坐在大殿的一隅，仿佛整个天地只有自己，拔掉身上的电池，逃离尘世片刻。在清迈遇到一个人，他说他来过七次，目前在做的事情是到城市的周边记录部落的影像。

　　大多数泰国男人都有出家的经历，在寺院接受几年佛学教育后，是继续修习佛法还是还俗可以由自己决定的。日落时分，偶遇赤脚的小僧人急匆匆赶去上晚课，看上去也只有十二三岁的样子。

　　佛教作为泰国的国教，数百年来都担负着国民教育的责任。只要是男孩子，到了入学年龄都要剃发为僧去寺庙里度过几年，王室的孩子也一样。浓厚的佛教气息让整个泰国都有一种和谐与安宁的氛围，迎面而来的人们，无论男女老少，都面带微笑。"微笑之国""佛教之国"即来源于此。

　　清迈的双条车是非常普遍的出租车类型，因为车厢里有两条长长的座椅，所以被称为双条车。双条车以红色居多，也有黄色的，看起来更拉风一些。车上没有里程表，招手即停，全靠议价决定费用。每辆车大约可以坐 8-12 人。但不论是坐哪一种，随处可见的笑脸都让人心情大好。

　　在清迈短短一周，仿佛隔世许久，一年总要有一段时间让自己慢下来、静下来。人生需要放空，跳开生活，去别处感受别样的美。每到岁末年初，总是无端地生出一份怅然若失的感觉。回首过去一年，有开心，有寂寥，有迷茫，但更多的是醒悟。离开清迈，生活步入了一个新的开始。振作精神，用善良、真诚、宽容，书写新的人生。

在美好的时代

P. 139

泰国浮灯仿佛在呓语。
跳开生活,去别处感受别样的美好。

不朽的日内瓦精神

总有一处地方,住着心灵的平静归属。在地球,这处地方名叫日内瓦。

什么是日内瓦精神?

2017 年 5 月,在博商澳洲分会李凌会长的精心组织和安排下,20 余位企业家对瑞士、法国进行了参访,与瑞法政商界进行了交流,并走进了联合国日内瓦办事处,受到了联合国高级官员的接待。

5 月 19 日清晨,我们从法瑞边境小镇盖拉德(Gaillard)

在美好的时代

赶往日内瓦联合国总部,参加半年前就安排好的参观访问。李凌会长提前交代,一定要准时,一分钟都不能迟到,因为接待我们的是德国人。

联合国之行第一站是国际贸易中心 ITC。ITC,是联合国贸发会和 WTO 共同设立的技术合作机构,是联合国系统和 WTO 与发展中国家进行技术合作以促进贸易的重要机构。安排我们参观访问的是前联合国高级官员 Friedrich von Kirchbach,德国雷根斯堡大学国际经济学博士,在联合国国际贸易中心工作 30 多年,一年前刚刚退任。

Kirchbach 博士(因为德语名字很难记,我们称他为"冯先生")见到我们很开心,尤其是见到他的老朋友李凌。十几年前他们因工作关系互相认识,这些年一直保持着联系。

冯先生幽默风趣,与我印象中德国人刻板的印象不同。交流会正式开始,冯先生便迫不及待地为我们讲述他所理解的日内瓦精神。

日内瓦精神有三条:第一条是独立与信任的精神;第二条是对世界保持开放的精神;第三条是努力做到最好,追求极致的精神。

基于这份日内瓦精神,一个原本不起眼的瑞士小城,成为当今众多国际化组织入驻的地方。

第二站是日内瓦联合国总部。因为冯先生的关系，我们走了"特殊通道"，进了万国宫。万国宫曾是国际联盟的所在地，于1929年由"国联"着手兴建，历经7年完成，占地面积18600平方米，整个建筑面积比著名的凡尔赛宫还要大。联合国成立以后，将其驻日内瓦办事处设在了万国宫。

万国宫是威严肃穆的，建筑物磅礴而不奢华，充满人文艺术感又不落俗套。荣誉院是万国宫主楼正面的大院子，是阿丽亚娜公园的主要组成部分。这里地势开阔，绿草如茵，还有数棵百年以上的高大古松。从这里可以看到莱蒙湖畔，遥遥相望巍峨的阿尔卑斯山，湖光山色，环境真是幽美。院中央有一个小小的水池，那是联合国难民事务高级专员公署的募捐池。池子中间有一个巨型青铜浑天仪，上面刻有代表天体12宫的雕刻，浑天仪旋转的角度和地球一致。

万国宫的一草一木一砖一瓦皆为会员国捐赠，每个会议厅、议事厅、图书馆，甚至是走廊的画像、艺术品，都来自于各个国家，联合国各机构官方、工作人员，不同肤色、不同种族，在这里实现无国界、无分别。参访万国宫的过程，让我更加理解了日内瓦精神。

午餐安排在联合国的员工餐厅，我一边用餐，一边观察和思考着"联合国"。这一全球最大的 NGO 组织，尽管也有不完美的地方，但它的诞生是人类社会的重大"发明"，是解决国与国之间争端、协调国家关系、推动世界和平与可持续发展的重要组织力量。联合国及其分支机构的工作，影响着我们的生活，并使世界变得更加美好。

由于行程安排，我们在日内瓦停留的时间是短暂的，甚至我都无法游走于大街小巷，无法在老城区感受法国启蒙思想家卢梭的气息，无法沿着诗人雪莱的足迹走遍莱蒙湖畔，无法深刻地体验日内瓦的人文精神。

然而，我坚信，日内瓦精神是世界的，更是不朽的！

相遇

日内瓦精神包括三条：第一条是独立与信任的精神；第二条是对世界保持开放的精神；第三条是努力做到最好，追求极致的精神。

美好的回归:布尔格·La Garde 庄园

在 La Garde 庄园,我感受到了一份美好的回归,一份对于生活绵延的感知。

名庄探寻:自然之美

2017 年 5 月,博商会瑞法行的最后一站,是法国东部城市布雷斯地区布尔格(Bourg-en-Bresse),一行人入住在有着八百年历史的 La Garde 庄园。

庄园年代久远,其历史与发展早已成了活标本,这里的一草一木都带着深刻的历史烙印。

从日内瓦到布雷斯地区布尔格,大概需要一个半小时的车程,Friedrich 和 Margareta(我们称呼为"冯先生"和"冯太太")从联合国一路陪伴我们前往他们于 2014 年买下的 La Garde 庄园。冯先生很幽默,在车上就先给我们"打预防针"。

"La Garde 庄园不是酒店,没有五星、四星甚至三星的标准,但它更像是一个家。"

汽车穿梭瑞法边境,一路行经绿油油的乡间小道,终于到了期盼许久的 La Garde 庄园。庄园的大门很不起眼,因为门太小,巴士无法驶进,我们只能拉着行李步行进入。

走进大门,感觉像是进入一幅油画世界,我们欣喜若狂。庄园很大,占地十四万平方米,我们从大门到入住的庄园主楼需要步行十分钟,沿途的风景美不胜收,令人惊叹。

庄园里种着一百多种不同的树,树种来自不同的国家,每一个树种都有标注。途经庄园农场,正在享受下午美好日光浴的奶牛发现了我们,成群结队向我们奔来,好奇地看着我们。冯先生说,它们是第一次见中国人,因此感觉很"新鲜"和"兴奋"。

La Garde 庄园是一座三层楼的房子,结构简单,蓝瓦屋顶上有四个壁炉的烟囱，乳白色的石头墙，棕红色的门窗，前门铺设鹅卵石，再延伸出去是宽阔的草坪，足足有半个足球场那么大，沿着草坪上去，就是高大的树木，茂密的灌木林及零星点缀的玫瑰花。

庄园的装修很简单，除了摆设的古董和墙上的画像外，几乎没有太多装饰。我的房间在顶层，顶层的窗户是在屋顶，没有窗帘。清晨的阳光透过玻璃照进房间的那一刻，我的心里满是喜悦。

早晨漫步在庄园的绿草坪上，沐浴着阳光，树的味道、阳光的味道、草的味道、空气的味道，一并闯入眼中、鼻中、心中、肺中。那一瞬间的清朗与愉悦，有种回归自然的幸福感。

历史的盛赞

布雷斯地区布尔格，位于法国东部，是罗讷-阿尔卑斯大区安省的省会，市区向东不到十公里即进入阿尔卑斯-汝拉山区。布尔格早在15世纪初期就已成为这一地区的行政中心，法国大革命后则成为了安省的省会，此后再无变动。布尔格也是罗讷-阿尔卑斯大区内的一个交通枢纽，从巴黎前往日内瓦的所有列车均要经过这里。

来到庄园的当天下午,冯先生安排了布尔格市政商界人士与我们交流,市长 Jean-François Debat 从巴黎赶来接待我们。那天恰逢当地一年一届的马术节,市政府安排我们在马术场用晚宴,一边观赏比赛,一边品尝当地的白葡萄酒,可谓别有一番滋味。在布尔格很难见到中国人,因为这里不是中国人常去的旅游目的地。

晚上十点,马术比赛结束,我们散步回庄园。余晖之下,有着另外一种味道。当夕阳完全落下,一轮明月挂上天空,我们也刚好走回庄园,而月的位置,恰在庄园老树的上空。隔着那么远的光阴,我脑海中回想起清朝文学家沈复所写的"一轮明月已经上林梢,渐觉风生袖底,月到波心,俗虑尘怀,爽然顿释"。

不论何时何地,在这样的夜色里,人与人的感受、人与人的情怀,都默契相通。明月极静,光也静静地泻在庄园前的灌木上,如笼着轻纱的梦。那份宁静感,甚至让人感觉有些不真实。悠然之间八百年间的荣耀与繁华,至此"若布衣菜暖,菜饭饱,一室雍雍,优游泉石,如沧浪亭、萧爽楼之处境,真成烟火神仙矣"。在 La Garde 庄园,我感受到了一份美好的回归,一份对于生活绵延的感知。

庄园里也有着很多故事。在我们的强烈要求下，冯先生为我们做了介绍，讲述了他们家族的故事、La Garde 庄园的历史以及与庄园的联系。

La Garde 庄园第一次被提及是在 1325 年，来自布雷斯地区布尔格的 Guyot 家族被 Savoy（萨沃伊公爵）赐封 La Garde 庄园，Guyot 的家人成为萨沃伊公爵的后代和意大利国王。自 16 世纪以来，La Garde 庄园在布雷斯地区布尔格是领先的农业产业之一。在 1506-1532 年间建造了著名的布鲁皇家修道院。布鲁修道院，被称为欧洲的泰姬陵，是由奥地利哈布斯堡皇室的公主玛格丽特创建的，用来表达她对丈夫永恒的爱（丈夫萨伏伊公爵菲利伯在他们婚后第三年时死亡）。

17 世纪初，Claude Gaspard Bachet 是著名的法兰西文学院的创始人之一，是 La Garde 庄园的所有者。La Garde 庄园在法国大革命期间被征用，但在 19 世纪初由 Bachet 家族收购。现在我们看到的 La Garde 庄园，是 19 世纪中期时被设计成的新古典风格。

在 1841-1939 年间，La Garde 庄园属于贵族家庭 Chossat de Montburon，被用作居住和社交聚会，如狩猎活动。在 1939—1983 年之间，业主将庄园区域改造为该地区最现代化的农业区之一。

冯先生夫妇于 2014 年买下了 La Garde 庄园，并将庄园进行了翻新。冯先生是德国萨克森贵族，他的祖先与布雷斯地区布尔格的庄园有密切关联。冯先生夫妇还准备将 La Garde 庄园改造成一个文化艺术中心。

传承，是一种责任，是一种精神。无论是城市、庄园还是文化，只要传承，才有利于人类发展和团结。

跨越时空的友谊

在 La Garde 庄园的最后一个晚上，冯先生夫妇为我们准备了一个浪漫的法式烛光晚宴，请来了米其林餐厅的大厨、法国小提琴演奏家，还有临时的服务员。

准备工作从下午开始。李凌会长和冯太太在庄园里剪花、插花，庄园里繁花如瀑，姹紫嫣红，欢声笑语，其乐融融。

七点，晚宴正式开始，所有男士皆身着正装，女士穿着旗袍，冯太太也不例外，气质十分典雅。她本是瑞典人，但她端庄斯文的气质与旗袍十分相配。冯太太自 1992 年以来一直在联合国国际贸易中心工作，是非常出色的联合国官员。生活中的她也非常有亲和力，笑容永远那么迷人。十几年前李凌会长与冯太因工作关系相识，多年来一直保持着这份友谊。

这是一场浪漫而动情的晚宴。月光与灯光之下，音乐与笑语之间，冯先生一改平日严肃认真的作风，变得感性而浪漫。大家也都被现场氛围感动得热泪盈眶，用一句句感性的语言，一杯杯纯正的法国葡萄酒，表达着感谢和不舍。

La Garde 庄园传承的是一脉相承的生活态度，传承的是烟火生活里的智慧与淡然，来到这里才明白何为"与君初见面，犹如故人归"。这处散落在森林与绿色原野间的庄园，就这么轻易地叩开了所有人的心扉。我们在这里欢笑，我们在这里倾诉，短短几天的相处，那些文化背景的差异，那些生活环境的不同，那些横亘在我们面前的时光与距离，都在 La Garde 庄园里化作了相知与相惜。

古人说"读万卷书不如行万里路"，生而为人，跋涉千里能遇见这样一场美好，实属幸运。世事茫茫，光阴有限，庆幸有这么一处地方可以全身心地敞开自己。

在这座庄园里，我们不仅是志趣相当的同路人，更是在时光无涯荒野里幸运相逢的过路人。

Part 3

遇见社群

相遇

在 美 好 的 时 代 　　　　　　　　　　　　　　P. 155

社群的自由:"真爱"与"真不爱"

这个世界上,有一种东西变得越来越重要了,那就是态度。凡认真思考过的,都值得尊重;凡刻意拒绝的,都不必说服。

一

世界那么大,喜欢你的人到底有多少呢?

美国有一个 IM(实时通讯服务)的产品叫 Path(社交运用),Path 里有一个建议,就是你的通讯录联系人不要超过 50 人,它认为,你来人生走一圈,在生命的最后一刻,能想到的你爱过的或爱你的最多不超过 50 人。类似的，腾讯的社交软件微信群最初设置也是 40 人，这是源于哈佛大学的一项研究：一个人的精力有限，有效的社交圈人数是在 40-50 人。当然我们宁愿不相信这样的事实，我们相信，无论你做什么工作，无论你是一个平凡的人还是一个伟大的人，你都希望全世界的人会爱你。

每年十二月的最后几天，无数中产阶级和职业精英都在疯狂地追逐两个名人的年终秀：罗振宇和吴晓波。

据说，喜欢罗振宇的多数是城市里追逐梦想的男青年，而喜欢吴晓波的则是女青年或女老板偏多；吴晓波的女粉丝大致不会喜欢罗振宇，罗振宇的男粉丝也暂时不会喜欢吴晓波。这其中的原因，造成这种现象，不只是粉丝所在阶层的原因，更重要的是社群不同。

二

那么，什么是社群？社群的本质是什么？

社群的概念最早指地区性的社区，用来表示一个有相互关系的网络或是一种特殊的社会关系，属于社会学的范畴。美国社会学家埃班克的《社会学概念》一书定义了社群的主要特征：

"有稳定的群体结构和较一致的群体意识；成员有一致的行为规范、持续的互动关系；成员间分工协作，具有一致行动的能力。"

近年来，随着互联网的兴起和移动社交软件的流行，新兴社群被重新定义。大到一个社会组织，小到一个微信群，都可能被视为社群。罗振宇和吴晓波的粉丝群体，本质上也是社群。不同的社群有不同的表现形式。

据我多年研究、参与社群运营的经验来看，我认为，社群核心应该包含"4+1"要素："4"指社群价值主张、社群精神、社群规则和社群运营，"1"指社群领袖。

社群价值主张，是指社群的定位要清晰，旗帜要鲜明，态度要坚定。你的群体定位是哪些人，你能为社群成员创造什么价值。共同的兴趣或价值观是社群的基石，是社群存在的根本。无定位，不远行，一切始于你的价值主张。

由马云创办的湖畔大学，其本质就是一个高端企业家社群，它的价值主张是"发现并训练具有企业家精神的创业者，推动新商业文明的发展"。湖畔大学创立三年来，吸引和凝聚了百余位中国各行业领军企业家的加入。

社群精神，是指社群所倡导的精神理念，是情感认同和归宿。对不少群体来讲，社群可以说是心灵的归宿，世外桃源般的庇护所。

国际狮子会成立于1917年，至今已走过了一百年的历程，是世界最大的服务性公益组织，所提出的"We Serve"（我们服务）乃是服务社会，造福人群，引导人类走向自由、和平、康乐的境界。人性都是崇敬高尚的，狮子会的这一精神主张，使得这个全球最大的社群组织走过了百年风雨。

社群规则，是成员之间自律及自我约束的法则。社群支持什么，反对什么，哪些事是鼓励的，哪些事是严禁的，要建立一套社群规章制度，对成员的行为进行奖惩。

我所在的博商会，成立于2010年，是由清华大学EDP（高级工商管理项目）学员及博商学院学员组成的一个创业者学习交流的平台。博商会提出"四个倡导"，即守时守信、求同存异、互敬互爱、开放包容；"四个反对"，即反对浮夸、反对忽悠、反对奢靡、反对等级观念。还成立了诚信监督管理委员会，设立"负面清单"，明确列出会员严禁行为，一旦触犯，将列入黑名单并进行公示。这些制度的制定，使得成员违反规则的成本变得非常高。

社群运营，是保障社群长期存在的执行体系。社群运营为社群成员提供内容、服务以及问题解决方案，甚至实现商业价值和社会价值。社群运营越来越需要职业化、专业化的人才，也催生出新的职业社会活动家。

社群一般会有社群领袖，可以是社群的发起人，也可以是民主推选的。在任何一个时代，只要有人群的地方，就会有领袖，领袖是社群的灵魂人物，是"定海神针"。

"吴晓波书友会"因喜欢、热爱吴晓波的书而诞生，吴晓波是自然的社群领袖；马云既是湖畔大学的创始人兼校长，也是必然的社群领袖；致良知四合院是一个学习阳明心学的公益性社群平台，历史人物王阳明是社员们心中的精神领袖。

只有具备"4+1"的要素和属性，才是真实存在的社群。我们可以总结为，社群的本质是一群成员因相同的爱好和价值观，或为完成某一目标，而聚在一起的组织形式。通俗地说，社群是一群拥有"真爱"的人走在一起。

三

吴晓波曾经发表了一篇文章《有一种爱叫"真不爱"》，提出他所理解的"真爱"与"真不爱"。所谓"真爱"，是认同并支持他的文字、态度、立场和价值观的人；反之，不认同并默默取消关注吴晓波频道的人,则是"真不爱"。

吴晓波认为,这个世界有一种东西变得越来越重要了,那就是态度。凡认真思考过的,都值得尊重;凡刻意拒绝的,都不必说服。

吴晓波在二十多岁的时候,曾写过一篇专栏,题目叫《一个春天早晨的敲门声》,讲的是一个关于"真爱"的故事。故事发生在1908年,正在哈佛读二年级的沃尔特·李普曼是右翼政治刊物《新共和》的撰稿人。一个春天的早晨,他忽然听到有人敲房门。他打开门,发现一位银须白发的老者微笑地站在门外。老人自我介绍道:"我是哲学教授威廉·詹姆斯,我想我还是顺路来看看,告诉你我是多么欣赏你昨天写的那篇文章。"

很多年里,吴晓波一直沉浸在这样的幻觉里,希望自己的文字走得更远,希望更多的人喜欢他的作品,希望在某个春天的早晨也能听到敲门声。

四

因价值观、立场和态度的不同,社群组织不断分化,逐渐吸纳"真爱"的人,也逐渐淘汰"真不爱"的人。

任何一个态度，都有因果和取舍。明确的态度，能让人变得成熟而清晰，从而在芸芸众生中区隔出不同的社群。社群之内，因趣味和价值观相似而其乐融融，沟通成本趋近于零。

社群的核心是价值运营，如何给大家提供趋之若鹜的价值，是衡量一个社群的关键。一群人聚集起来，可能是乌合之众，也可能达成某项伟大的事业。运营新社群，首先面临的是社群价值主张问题。

一个社群能把人聚集起来，一定有一个独一无二的价值主张；能持续地把人集中在一起，一定有一个坚定的精神内核。正如古人所言："得道者多助，失道者寡助。寡助之至，亲戚畔之。多助之至，天下顺之。以天下之所顺，攻亲戚之所畔，故君子有不战，战必胜矣。"

不管是"真爱"还是"真不爱"，没有对错，只有态度不同、立场不同、价值观不同，所以选择的方向不同。

我们欣赏"真爱"者，同样也尊重"真不爱"者。

在美好的时代　　　　　　　　　　　　　　P. 163

罗振宇和吴晓波的粉丝群体，本质上也是社群。不同的社群有着不同的表现形式。

社群之美：平衡的哲学

> 天尊地卑，乾坤定矣，卑高以陈，贵贱位矣，动静有常，刚柔断矣，方以类聚，物以群分，吉凶生矣，在天成象，在地成形，变化见矣。
>
> ——《周易·系辞上》

平衡是一种状态，也是天地自然的一种境界。如果自然界失去平衡，人类就会遭遇灾害；人是一个有机体，如果生理失去平衡，身体就容易得各种疾病；如果心态失去平衡，精神就容易崩溃，生命就容易步入歧途。世间的万事万物，之所以能不停地运动、发展、前进，一个重要原因就在于保持了平衡。

以下内容探讨的是关于社群的平衡哲学。社群之美在于平衡。

理想与现实的平衡

社群要有自己的价值主张，即"理想"，这样才能凝聚一群人。社群的理想要靠社群的运营来实现，社群运营是"现实"。光有价值主张而没有运营，理想脱离现实，是不切实际的。理想与现实需要在矛盾中达成统一，实现平衡发展。

博商会今年步入第八个年头，五年前，我们提出"商界理想"：打造卓越的商界组织和影响深远的平台生态模式，帮助更多的中小民营企业取得成功，开启新商业文明，缔造中国企业的管理模式和思想。

三年前，财经作家吴晓波在《商界理想国Ⅱ》中这样写道："博商会用一种商业理想，将企业家组织起来，在内部企业之间相互扶助，共同应对经营风险，对外又积极传递正能量。"

对内，我们倡导互助、协作，我们希望每个人都是船员，而不是游客，大家一起群策群力构建一个理想的商界国度，形成一个互相点亮、互相照耀、成人达己的部落。

对外，我们倡导共赢、创造，我们希望一批有共同情怀和愿景的人聚在一起，在学习与玩乐中创造价值商业，每年在20000个人中选择200个项目，推出20家上市公司。

这些都是"理想"。如今，人去人来，社群仍在。力有不逮，理想犹在。

这些年，博商会在现实中不断地探索前行，成立了各种俱乐部，让成员自我管理，提升参与感。我们举办各类行业交流会，促进产业上下游合作，从成立博商商业联盟到成立博商资源管理公司，搭建内部的资源互助平台；成立"社群中的社群"博商百人汇，发现细分行业中的领导品牌，通过资本与资源的导入，推动企业走向IPO之路。

我们设计了"奉献、服务、分享"的社群精神，这一精神不能只是少数人的奉献，应该成为所有参与者的共识。

这些都属于社群运营，其目的就是引发社群成员的参与，共建共乐共享彼此的思想、情怀、资源、关系乃至商品和服务。

感性与理性的平衡

社群由人组成，人是复杂的，"感性"与"理性"是人最重要的特征之一。

长久以来，我一直认为感性和理性是彼此独立的。我是一个比较理性的人，曾一度排斥过于感性的人，因为我认为他们天马行空的想法没有逻辑性。

但是近几年，我慢慢感受到感性的魅力。最近刚看完《当下的力量》，作者主张多用意识去感受，适当地放下思考反而更容易接近自我。很多科学家、艺术家、文学家的灵感也都是源于极其放松的状态。我们大多数的思考其实都是一种无意识的行为，多用心体会才能更接近自己真实的意识，也更容易联结他人的意识。

社群内，我们经常倡导的"以诚相待""敞开心扉""以心交换"等，都是一种真实意识的表达，更容易连接他人。而"连接"，正是社群最重要的工作。

然而，没有纯粹的感性或理性。感性的人也会思考，理性的人也有感受。但过于感性的思考可能更像是一场灾难。思考本身是无意识的，感性的思考更是无意识中的无意识。有的人会为自己的这种行为找借口,甚至说成是"情怀"。

创业决不能只靠一时的激情,创业之后也不能光靠情怀来维持企业。靠情怀做企业是不能持久的。在市场竞争中,竞争是残酷的,只靠情怀来维持企业,必然寸步难行。

但是,做企业也不能没有情怀。没有情怀的企业,就没有了文化内核。匠心是一种做事的态度,是一丝不苟。有了匠心精神,才能有好的产品、品牌和服务。

社群需要在"情怀"与"价值回报"两方面寻找一个平衡,社群运营需要"理性"的思考,"感性"的设计,并寻求平衡发展。

35家民营企业家在民企春晚的舞台上奉献并分享,演绎社群精神,这一精神不能只是少数人的奉献,应该成为所有参与者的集体共识。

创始人精神

企业实现持续发展的一个重要的原因,就是这些企业保留了公司创业之初的理念,即创始人精神。

在大众创业、万众创新的鼓励下,中国的初创企业以极快的速度增加。2014 年初创企业的数量几乎是 2010 年的两倍。在目前中国百强企业中,85% 的企业都还不满"十岁"。另一方面,企业的命运也变幻莫测,许多企业在初创时发展强劲,而短短几年后则濒临倒闭,迅速消亡,那么那些成功存活的企

在美好的时代

业到底做对了什么呢？

贝恩公司全球资深合伙人克里斯·祖克和詹姆斯·艾伦，通过长达十年，涵盖40多个国家的企业调查，得出了重要结论：企业实现持续发展的一个重要原因，就是这些企业保留了公司创业之初的理念，即创始人精神。

一

企业的创始人精神能够带领公司走出困境，获得更大的成功。

那么，什么是创始人精神？我们先来看一个关于永辉超市的例子。每天下班后路过家门口，经过永辉超市，顺道进去买些新鲜的水果蔬菜，对于每个上班族来说是最日常的事情了。而正是这家看似普通的超市，在全国拥有300家连锁店，年营业额超过百亿元人民币，在国内甚至能与零售巨头沃尔玛公开叫板。那么，它是怎么做到的呢？

这得从永辉超市的创始人张轩松和张轩宁说起。2000年永辉超市第一家店在福建省福州市开业，其他超市的口号通常都是实惠、便宜或物美价廉，而张轩松和张轩宁兄弟俩一开始就提出与众不同的经营理念"为中国妈妈提供安全、新鲜、实惠的食物"。为此，永辉超市将自己的核心业务定位为生鲜产品的供应商。

所以，当你走进永辉超市时，你会发现里面的生鲜产品区比别的超市品质好得多，产品的价格也比别家超市便宜，生意好也就不足为奇了。不仅如此，两位创始人还要求永辉超市的员工要在超市里经常走动观察，听听顾客的抱怨，了解顾客到底想要什么。就拿猪肉来说，别家超市会把猪的各个部位切分好，让顾客自己去选，但是永辉超市发现，顾客对猪肉的需求并不完全按照部位来分。所以下次你路过永辉超市，你会注意到它们的猪肉是现场分割，顾客想要哪块就切哪块，真正做到了满足顾客个性化需求的服务。

永辉超市在满足顾客需求的同时，也没有把员工当成外人。永辉超市的门店分为"红标店"和"绿标店"，绿标店是员工创新的试验场，员工可以在绿标店里将超市如何经营的想法付诸行动，公司不对其做任何干涉。如果这些想法被证明确实可行，就会在红标店里进行推广普及。员工看到自己的想法被推广到每一家永辉超市，一下子就感受到了作为超市一份子的自豪感。

"树立与众不同的经营理念，重视一线员工与顾客，发挥员工的主人翁精神"，这些自创立以来的企业文化，让永辉超市在短时间内成长为国内超市领域的独角兽。

永辉超市的这些举措并不是个案，大多数实现可持续发展的公司大致都有一套这样的思维框架，而这套思维框架是最容易被低估的商业成功秘诀——创始人精神。

二

克里斯·祖克和詹姆斯·艾伦总结了"创始人精神"的三大要素：

一、创业初期清晰的任务与目标；

二、对一线业务的痴迷；

三、明确的主人翁精神。

然而，企业做大后，人们通常会丢失创始人精神，一些深层的微妙的内部问题开始出现，比如对规模增长的追求，增加了组织的复杂性，引起业务流程和系统的冗余，原有的使命感淡化，等等。

是全球IT届的龙头老大惠普公司刚成立的时候，创始人威廉·休利特的目标是建立一家问题一旦出现就能尽快解决的公司，为此，他花费了大量的时间。惠普公司也因此得到了快速发展。但1999年以后，新上任的CEO改变了惠普公司的经营战略，开始通过收购的方式来快速扩张业务。收购不同的公司后，惠普内部结构变得越来越复杂，员工的精力也慢慢转移到应对公司各种会议上，工作效率直线下降，惠普公司的股票价格一跌再跌，公司CEO换了四位，但业绩仍不见起色。《哈佛商业评论》评价惠普公司正在沦为一家平庸的公司。惠普创始人的儿子惠勒特后来也承认这些问题的根源在于"创始人精神的遗失"。

再看一个正面的例子。星巴克创始人霍华德·舒尔茨出版了《一路向前》一书，讲述创始人精神如何让星巴克重新赢回市场。2000年，舒尔茨退出星巴克的管理，随后几年星巴克门店不断扩充，股价暴涨。到了2007年，星巴克开始走下坡路。

"由于过分追求增长，对公司的核心价值也不再那么重视。衰败发生得安静而平缓，就像脱线的毛衣一样，从松动的那一针开始，一点点脱线。这无法归咎于某个策略或是某个人。"

2008年，舒尔茨再次出山担任星巴克CEO，重建公司的核心理念，重新找回创始人精神。其主要措施就是强化品牌，聚焦核心业务，顶住华尔街对短期业绩要求的压力，大刀阔斧地进行整顿调整。

在美好的时代

海尔集团董事局主席、首席执行官张瑞敏曾说，不管是初创企业还是发展中的企业，都需要创始人精神，但这种精神往往容易丢失，因为从0到1后，创造性的勇气会不自觉地退化为求稳和自保。

1984年，当时张瑞敏还是一名年轻的政府官员，他临危受命接管了当时一直处于亏损状态的小型集体工厂青岛电冰箱总厂。当时工厂生产的低质量产品让张瑞敏感到头疼，他决定调整产品方向。为此，上任伊始，他做出了惊人的举动：让员工把所有劣质冰箱挑选出来，用大锤全部砸碎。此举传达的信息很清晰：公司的每个人都该为产品负责。其后，张瑞敏先生在深思熟虑后对海尔内部的员工结构进行了洗牌，形成如今由数千个小型、半自主团队组成的集团公司。用张瑞敏先生的话说，这种结构的设计理念就是缩短"CEO与一线业务的距离"。这正是创始人精神的精髓，它也帮助海尔取得了持续性的成功：如今公司有7万多名员工，年收入超过300亿美元。

创始人精神就是不忘初心，尽一切努力保障公司的长期利益，在外部经营环境发生变化时，能够顶住业绩可能下滑的压力，并勇敢地进行战略调整。创始人精神是要打造百年企业，而不是只关心短期利益。

三

那么，创始人精神具体能发挥什么作用？为什么它对企业至关重要呢？

企业发展通常会经历三个危机，这三个危机分别是超负荷、失速和自由下落。

第一个危机"超负荷"，是指公司发展过程中，规模快速增长，但内部管理和运营还没有做好充分准备，而导致的一种失衡。这种情况通常发生在由年轻管理团队掌舵，高速成长型公司尝试快速拓展业务的阶段。就好像在武侠剧中经常看到的情节，一位年轻人意外得到一本武林秘籍，但是因为自身武功底子不够，根本没办法真正把这本秘籍利用起来。

"失速"，说的是许多成功的企业突然将增速放缓，这通常是因为企业的高速发展导致了复杂的组织分层，同时也导致员工原本清晰的分工变得模糊。失速是一个公司的迷失时刻，发展的"油门"不再像以前一样灵敏，大部分公司一旦减速就再也无法恢复活力。

"自由下落"是指企业的核心市场份额增长完全停滞，一直行之有效的商业模式突然间失效。造成这种结果可能是由于外部因素,比如新技术出现带来的行业迭代,或者经济危机爆发对整个市场的冲击;也可能是内部因素,比如管理方法失效,商业模式失灵等。

超负荷、失速和自由下落这三个危机,虽然引发原因各不相同,对企业造成的影响也有所区别,但这三个危机的根源是有相通之处的。

它们产生的最根本原因是:公司在发展过程中,规模不断扩大,导致公司内部机构复杂性增强,丢掉了"创始人精神"的魂儿,忽视了初创时期的使命感和对一线业务的重视,忽视了员工主人翁精神的发挥。

面对三大可预见的危机,克里斯·祖克给出了三点忠告:

第一,找回公司在初创时期的使命感,并通过减少公司内部结构的复杂性来聚焦核心业务。

第二,重视一线业务,确保每项决策都是接地气的。

第三,恢复员工的自主性和独立性,让他们在公司里充分发挥主人翁精神。

2016年11月,由腾讯众创空间与浙江卫视联手打造的大型创业真人秀节目《我是创始人》开播,制片人曹美英是我的一位朋友,她曾这样向我解释她对创始人的看法和感受:"创业本身痛并快乐着，创始人在一半冰山一半火焰的艰难环境中历练与成长。我希望节目不仅可以向观众表达创始人人群的勇敢、拼搏与聪颖，还希望社会上能有更多的力量关爱创始人。他们是这个社会的脊梁骨。"

格力电器董事长董明珠是《我是创始人》的嘉宾导师，在谈到创始人精神时，她说："创始人和别人不一样的是，能够成为一个成功者，即使失败了，依然是一个成功者，因为我们为别人开辟了一条路。"

在节目的最后，董明珠赠言：

第一，我们都要做一个能够真正推动社会发展的创始人。创始人不要急功近利，只看到眼前的一寸，我们要有更长远的眼光来看自己的事业。

第二，我们创始人在前进的过程中一定有挫折，但是大家要坚守下去，不要妥协，哪怕你失败了，再从头来也是创始人。坚守是我们最重要的底线。

当今的年轻企业将发展成为明日的社会主力。"创始人精神"不仅是年轻企业取得成功所必需的东西，对于平稳发展的成功企业也同样至关重要，因为它有助于这类企业克服因增长而带来的复杂性和惰性，必要时还能帮助企业全面实现好转。

在美好的时代

中国将会成为全世界规模最大的经济体。无论这一决定性的崛起时刻将在何时书写,我们预测"经济舞台上的主角"都将是那些中国企业家及企业领导者。他们是中国成功的关键——只要他们能不断秉持创始人精神,不忘初心,中国企业和中国经济将会持续增长和繁荣发展。

相 遇

创始人精神，是要打造百年企业，而不是只关心短期利益。

学习能力是人生最大的财富

看书是我认知世界、认知自己的主要途径和方式。

——陈春花

读书,终身受益的习惯

在人的一生中,真正拥有的财富是什么?是学习能力。读书、向他人学习和参加工作是提升学习能力的三种主要方式。

财经作家吴晓波一年大概阅读200本书,其中精读的书大概是30本,阅读是吴老师获取知识、资讯的重要方式。除了读财经类的书,吴晓波还读政治、历史、文学、哲学等领域的书。《每天听见吴晓波》栏目，虽然每天只是五分钟的分享，但吴老师却需要有丰富的知识储备和研究。

著名管理学家陈春花教授认为，阅读是一个受益终生的习惯，她的学习与思考的主要途径就是读书。同时，作为一个研究者，她需要不断读书来启发写作灵感。

有时受一本书的启迪，可以改变一个人的命运。

"在《居里夫人》一书里，让我印象最深的是，身体不好且家境贫寒的居里，为了能够读书，坚持在巴黎大学旁听课程，最终获得入学资格。当她获得诺贝尔奖时，她完全可以利用自己的发明成果让自己富有，但是她却把成果分享给了社会。小时候，她的祖国波兰被沙俄侵占，从小她就非常痛恨侵略者。当他们夫妇从矿物中分离出新元素以后，她把新元素命名为钋。这是因为钋的词根与波兰国名的词根一样，以此表示对惨遭沙俄奴役的祖国的深切怀念。居里夫人深深影响了我，以至于我报考大学的时候，选择工科，因为我想成为一位科学家。"陈春花说。

陈春花毕业于华南理工大学无线电技术专业，后来她并没有成为科学家，而是成为了一位非常卓越的管理学家，先后出版了《领先之道》《超越竞争》《经营的本质》《管理的本质》

《激活组织》等几十本优秀的管理著作，影响和启迪了无数的企业家，因而也被誉为"集教授、企业家、作家于一体的传奇女性"。

"看书是我认知世界、认知自己的主要途径和方式。"陈春花教授曾这样总结她的读书心得。

我出生在潮汕地区的渔民家庭，父母都不识字，因此我从小发愿一定要好好读书，改变命运。父母没有能力在思想上启迪我，但却给了我一个物质条件相对宽裕的生活环境。很幸运，我中学时考入了我们饶平县的重点中学。记得当时一餐饭的花费大概是一元五角，父母一周给我 100 元生活费，每周余下的钱我都用来买书，从此阅读成为陪伴我成长的习惯。

这个习惯给了我巨大的帮助，让我通过书看到了世界之美、之大。阅读就如与古人、先贤以及名人面对面的交流，让我受益无穷。

向他人学习

向他人学习，可以理解为向人生中的导师学习，向专业人士学习，向身边优秀的人学习。这是一个人提升学习能力、获取知识、启迪思维的重要途径。

一个人在不同的人生阶段，都会遇到不同的导师或恩师。

我人生中有一位重要的老师，他是我在香港科技大学读书时的导师，时任港科大商学院院长陈家强教授。陈家强教授年轻时在美国名校受过高等教育，后在美国及香港的知名学府当过教授。导师看问题的视野、深度，以及前瞻性，一直启迪着我。

2016年，博商百人汇成立，初衷是把博商平台上细分行业的标杆企业组织起来，形成一个以学习成长为导向的高端圈层组织。我们提出的口号是"人人向人人学习，人人帮助人人成长"，向名师学习、向名企学习、向汇友学习。实践一年多，我对部分百人汇成员作了访谈，发现他们变化很大，变得更加谦卑了，更加好学了。他们发现，只有向他人学习，才能让自己不断成长、改变。

工作体验中长智慧

有一次我与王石先生交流，他跟我讲了他当年的成长故事。

"很多人说干一行爱一行，我是相反的。在33岁之前，我一直在做我不喜欢做的事情。当兵开汽车不喜欢，复员之后当工人也不喜欢，上大学学的专业不喜欢，大学毕业之后做的工作还是不喜欢。后来我自学英语，考到外经委，还是不喜欢。"

可是不喜欢归不喜欢，王石先生认为工作有两点要考虑清楚：一是你可以不喜欢，但是你既然去做了，就一定要认真做，人生的每个阶段都是一种积累，必须要相信这种积累对将来是有好处的；二是你要有强烈的求知欲，要相信学的东西终归有一天可以用得上。

王石来深圳创业前的工作，都不是他喜欢的工作，但是他都会认真对待，积累经验。来到深圳突然发现，他和别人不大一样。1983年下海经商的人，大多数来自机关、学校或者部队，大家都是计划经济的思维方式，都对市场经济、价值规律不是很熟悉，而恰好王石有一些相关的工作经验，便在这时发挥作用了。

红星美凯龙的老板车建新曾在他的《体验的智慧》一书中讲到，人的智慧90%来自于工作体验，10%来自于生活体验。为什么呢？因为工作中有许多情境、互动，有目标也有困难，为实现目标需要不断地去学习，解决困难的同时可以很好地提升学习能力、增长智慧。

学习、成长、改变，是一个人的必经之路，也是一个人一生中解决问题、实现人生价值的途径。

相遇

只有向他人学习，才能让自己不断成长、改变。

"老板"是个孤独的职位

在面对未来的不确定性时,大多数人的内心是迷茫又充满恐惧的。

库克担任苹果 CEO 五周年时,接受华盛顿邮报专访,说了一句话:"带领苹果是个非常孤独的工作。"

对苹果公司 CEO 一职,库克表示,这是世界上最好的工作,但也有过很多困难。不了解的人可能认为 CEO 很风光,但实际上这个职位或许只能用"孤独寂寞冷"来形容。

"在这个位置上,你很可能在一天内会经历冰火两重天,自从2011年8月接手以来,我的脸皮好像比以前厚多了。"库克幽默地说道。

在中国,大多数民营企业的老板担任别的职位时,也会担任CEO的角色。与库克一样,大多数老板的内心是孤独的;在面对未来的不确定时,内心是迷茫又充满恐惧的。

为什么老板是孤独的?

首先,"老板"可能是世界上最具挑战性的一个职位。

老板肩负着企业的生死,所以必须有足够的决断力做出决策;如果是创业公司的老板,还必须是位全才,上到技术下到销售,必须有惊人的执行力;同时,又是团队的灵魂人物,要有足够的魅力和影响力,领导团队向正确的方向前进。

老板们的难在于决策,每天都在做选择题,甚至要面对的很多工作是无解的,而一旦做出决策,老板就得对结果负责。

很多时候我们会说:"我可以帮老板分担工作。"

的确,很多事我们是可以帮助老板分担的,比如市场的问题、客户的问题、业务的问题,但是我们分担的永远只是一部分。

当他真正地去面对公众、面对媒体、面对投资者、面对董事会的时候,最大的压力和责任是没人替他分担的。

所以当资金链出现问题的时候，他必须微笑地对大家说："我们公司大有前途，大家要全力以赴。"但可能自己在背后偷偷地抹眼泪。

老板如何才能不孤独？

首先，孤独是常态，但我们尽量让自己没那么孤独。

我给老板们一些建议，希望能缓解孤独症状。

聘请个人顾问或智囊团，一路伴随个人和企业的成长。对于民营企业老板来说，聘请三至五人组成的个人顾问或智囊团，对于企业的重要决策大有益处，个人顾问或智囊团最好的搭配就是行业专家、管理专家及有实战经验的企业家。

避免重大决策失误，避免败局，是老板们第一重要责任，而不同背景、不同专业领域的顾问组合在一起，可以看到问题的本质，当所有问题呈现出来后，老板们所做的决策将最大可能地接近正确的方向。

这一点得向任正非学习。在华为创业的路上，他一直有着智囊团助力。

18年前，在华为面对内忧外患的关键时刻，任正非聘请田涛担任华为顾问。田涛在华为一做就是18年，是任正非十分信任的人。18 年来，田涛一直致力于研究华为，分析内外部环境，访谈华为员工，研究华为的人力资源体系，书写《下一个倒下的是不是华为》，成为华为的重要"军师"。后来，任正非又成立华为国际咨询顾问委员会，聘请世界五百强退任 CEO 担任委员，成为华为国际化的重要顾问团。

苹果 CEO 库克，也聘请了多位各领域的顾问。在每个重要节点上，他都会征求顾问的意见，比如在决定向股东返还现金时，库克就征询了沃伦·巴菲特的意见。

参加高品质的私董会或价值社群，寻找组织的归属感，是老板避免孤独的第二种有效方式。

私董会是一种新兴的企业家学习、交流与社交模式，其目的是把高管教练、行动学习和深度社交融合起来，核心在于汇集跨行业的企业家群体智慧，解决企业经营管理中比较复杂而又现实的难题。

人员相对固定的私董会小组，专业的私董教练，是保证私董会品质的重要因素。私董会只向企业一把手开放，这是基于私董会要解决和处理的问题是企业面临的最全面、最尖锐、最核心、最综合的问题，而非某方面的、专业性的问题。每两个月举办一次相对固定的私董会，长期跟进、检阅企业成长问题和的解决方案。

价值社群，也是解决老板们孤独难题的重要方式。

传统商协会已不再适应时代潮流，解决不了老板们的所有难题，逐渐被新兴社群代替。近年来快速成长起来的一些高端价值社群顺应了这个趋势，满足了老板们的需求，发展迅速。

最后一点，老板应培养自己的"心腹""左右手"。在中国，由于机制问题，老板与职业经理人之间常常存在着信任不足问题，很多老板身边可能连个完全信得过的人都没有。

老板应该从职业经理人团队里培养自己的"心腹"和"左右手"，给予充分的信任和授权，发挥他们的责任感和积极性，这样的话，企业运营才不会是老板一个人的孤军奋战。

职业经理人非常熟悉企业内部问题，更清楚企业的实际情况，所以老板在做重要决策前，应当与他们行沟通，多问问他们的想法。

选择"心腹""左右手"人选，应当是与你价值观接近、能力互补、愿意与你同甘共苦的人。这样的人可遇不可求，最好是从内部培养。

当然，创业当老板，孤独是必然的。用库克的话来说，当CEO要耐得住寂寞，守得住繁华。

中国经济之所以能在这个时代不断地前进,是因为我们有这样一群意志坚定、理想远大的企业老板们。他们为这个时代付出了很多,做出了巨大的贡献,推动这个时代前进。

但与此同时,他们确实是非常孤独的。所以让我们一起向这样一群伟大而孤独的企业领袖们致敬,祝他们在事业上取得更好的成绩。

在美好的时代

P. 193

老板，可能是世界上最具挑战性的一个职位。

我与深圳这十年

我的故事很平凡，但很真实，如香江里的一块卵石，被岁月冲刷，被时光拥抱，静静地，暖暖的。

从维多利亚港到深圳湾

2007年11月7日，这一天，我记得很清楚。在一片反对声和不理解中，我离开香港，来到深圳。

在此之前，我是一名高级投资顾问，每天西装革履，在香港最繁华的金融中心港岛湾仔区工作，坐在办公室里就可以享受到维多利亚港的全景。

这曾是多少留港学子的梦想，而我却厌倦了这样的生活和工作模式，心里一直向往着河对面的地方，中国经济最有活力、最年轻的创新之城——深圳。

刚到深圳，一心想着创业，这或许是潮汕人的天性。那时我一直对连锁零售业很感兴趣，经常见到大街小巷的7-11、OK便利店，生意红火，门庭若市，于是心里便萌生了开一家24小时便利店的想法。

当时恰好深圳一家本土品牌连锁便利店比较火爆，慎重考虑之后，我决定开一家特许加盟店，并选址在了华侨城邻近康佳集团的小区内。这是我第一次创业失败，原因是选址不对，这里住的大都是老年人，他们宁愿选择更远的大超市去购物，因为大超市的货品更全、价格更实惠；康佳集团的员工也很少有人住这边，所以实际上小区晚上成了"空城"。这些问题对24小时便利店来说都是致命的。

三个月后，损失惨重的我毅然决定关门。同一时间，刚好那家本土品牌连锁便利店的后海直营店店长承包到期，加盟部经理建议我买下这家店。当时这家店是微利，买下改加盟至少不亏。为了挽回加盟费和设备资金，无奈之下只能买下直营店继续经营下去。这次，我决定自己全职当店长，直接管理门店。

我是个不轻易认输的人，想着在哪里跌倒就在哪里爬起来。在接下来一年多的时间里，我每天泡在店里，自己煮牛肉丸、穿麻辣串，深夜里搬货点货，甚至凌晨送外卖。那段时间虽然很辛苦，但是体验很真实，长期坚持下，生意也一天天好起来。

我很注重学习和总结，每天除了分析销售数据外，还会做品类的分析，关注顾客的需求变化，规范相应的进货管理和库存管理。举个例子，年底的畅销香烟和名酒价格会上涨很多，最好的储货时间是从七八月开始，如果这时存得足够多，年底就可以小赚一笔。每逢重要节日，我还会精心设计促销方案，装扮门店，搞好节日气氛，让路过的顾客愿意进店里转转。

在直营改加盟后我自己打理的一年多时间里，门店平均每个月的营业额是之前的两倍，同时我也培养了门店店长接班人，把门店交给店长打理。此时，我思索着出来做点"正事"，要不然对不住这些年读过的书。

奇妙的际遇

2009年初，我计划进入一个新行业，找一份正式的工作，并无意间在自己的博客上写下了这一新年愿望。

一位关注我博客的朋友得知我的愿望后，联系了我，并表示他很乐意推荐深圳的一位企业家朋友给我认识。

这位企业家朋友叫练威，是位美女企业家，在南通做投资。他们因事业投资而相识，且关系不错，便开门见山的推荐了我。

练威想起她上MBA的教育机构。那是一家刚刚起步的总裁教育培训机构，而她所读的MBA就是这家机构与美国斯坦瑞大学合办的，而且刚与清华大学EDP总裁项目合作，也需要对外引进人才。2009年4月底，在练威的引荐下，我第一次来到深圳南山区科技园点石教育机构（博商会前身），与创始人曾任伟老师见面。

深圳是创业者的梦想之城，每天都有无数人开办企业，创业者们均需要系统学习企业经营管理知识，因此总裁教育培训行业的前景非常广阔，而且有清华大学这个百年名校的合作品牌，点石教育很快壮大了起来。

"帮助更多的中小民营企业成长，并登上世界的舞台，助力中国强国梦想。"听到曾老师畅谈他的办学理想和抱负，我深深地被打动。2009年5月6日，五一假期刚过完，我就加入点石，进入了一个全新的领域。

而那位素未谋面的博客网友，一直在背后支持和勉励着我。2009年8月，我在上海停留一周。他知道后专程从南通跑到上海来看我，那是我们第一次见面。

我们约在上海黄浦江边的一个小酒馆，他身着白色衬衫，身材偏瘦，脸庞棱角分明，戴着一双眼镜，看上去朴实真诚、温文尔雅。

寒暄片刻，几杯酒下去，他变得健谈起来，谈起自己的成长经历、职业抱负和家庭，感觉彼此相识恨晚。

那次短暂的见面，成为我们人生第一次也是最后一次见面。一年后，他因病离世，走得很突然。

我得知消息后痛哭流涕，感觉人生失去了一位挚友，连说一句感谢的机会都没有。时至今日，我仍深感遗憾。

这一段毫无准备的际遇，改变了我许多，甚至改变了我的生命轨迹，而无论什么时候，我都会牢记着他。

博商会的诞生

我在这个机构的第一个职位，是担任曾任伟老师的助理，协助他做课程研发。

那时，总裁教育行业发展迅猛，很多企业家和创业者纷纷报名参加各高校总裁班学习。每逢周末，无论是南山区的虚拟大学园，还是西丽的大学城，各品牌豪车排队入场，有时甚至堵得水泄不通。

有一次，原清华大学常务副校长杨家庆视察大学城时，见此场景，由衷地感叹："深圳有希望呀！"

当总裁班成为一种火爆潮济时，点石教育发展迅速，招生人数成倍增长。2009 年底，企业家学员人数已过千人，而点石最早与美国斯坦瑞大学合办的 MBA 项目也已有一些学生顺利毕业。在此前提下，成立校友会或同学会便变得很紧迫。

任何一所大学或商学院，都需要通过校友会平台凝聚校友。成立校友会或同学会，对于教育培训机构是一个长远的发展大计，曾任伟老师对此深信不疑。当时，点石教育的合作机构清华大学研究院通过 EDP 教育成立的清华紫荆学会，就是一个校友会平台，已经运营了三年多，有些经验可以参考借鉴。

2009年9月，曾任伟老师召集教务部及机构的核心高管开会，主题是关于成立同学会的研讨，我有幸参加了这次会议。数小时的研讨，确定了同学会的名称，取名"博商同学会"，并确定了的运营同学会专职团队，以及成立后的大概方向。而我负责起草同学会的章程，构思组织架构。

2009年12月，在深圳、广州、东莞三大城市，依据章程分别民主选举产生了博商同学会的首届理事会和会长班子，而我在还没有充分心理准备的情况下，被任命为秘书长，从此开启了一段奇妙而不平凡的人生旅程。

2010年1月15日，博商同学会在500位企业家同学的见证下，在深圳麒麟山庄正式挂牌成立，"博商会"正式诞生了，一个后来被称为"混血黑马"的企业家社群从此开始生根发展，以深圳为中心点，辐射珠三角，乃至南中国。

遇见博商三宝

一个组织的成长，需要无数人的参与和付出。博商会很幸运，遇见了许许多多无私奉献和付出的建设者，这里最典型的代表是博商三宝。之所以称为"三宝"，是因为他们都是年过六十的长辈，同时也是最可爱的人。

第一位是创会会长石坤山，人称"师长级会长"。

博商会创会那年，石坤山会长65岁，我29岁，我们被戏称是"最老的会长搭配最年轻的秘书长"。

石会长，生于1945年，军人出身，东北人，性格耿直，"行如风，站如松"用来形容他再恰当不过。石会长讲话风趣幽默，致辞时常常从国际国内形势出发，从政治到经济再到军事，最后总是能回到博商，总结收尾，这是他演讲的风格，也是很多博商人眼中的"老会长印象"。

石会长的幽默风趣，给我留下了深刻印象。

2012年，我第一次邀请财经作家吴晓波来博商会，大讲堂之后我们设宴款待，石会长向吴老师敬酒，十分严肃认真地说："吴老师，我是你的粉丝，我的床头时常放着你写的《大败局》，晚上睡不着觉时，就拿出你的书看，看着看着就睡着了。"吴晓波听完哈哈大笑。

还有一次，吴晓波与凤凰卫视吴小莉在杭州举办一次活动，邀请我和石会长参加。活动开始前，吴晓波介绍吴小莉给石会长认识，石会长上前紧紧握着吴小莉的手，笑着说："小莉啊，我是看着你的《凤凰早班车》长大的。"吴小莉望着眼前的老人，开怀大笑。

与石会长一起工作的五年里,我学到许多东西。他总是给年轻人试错的机会,鼓励我大胆创新、尝试。当我遇到任何困难或挑战,他都会站出来支持我。那五年里,我们举办过无数场活动,去过无数个地方,面对过无数次挑战。他是我第一位忘年之交,是我一生的贵人。

2015年6月,石会长顺利交班,谢任会长一职,进入博商常青会。当石会长被授予"创会会长"和"终身荣誉会长"时,我看到了他眼角的泪花。

还有一位贵人是博商会的名誉会长陈步霄。这是一位有着不平凡经历的企业家。

陈步霄生于1951年,广东陆丰人。"上山下乡、浪迹香港、回深创业",这是一位艰苦奋斗、勤奋一生的潮汕企业家的精彩人生。

2012年,时任常务理事的陈步霄班长当选为深圳博商会第二届副会长,分管新成立的发管委,同时创办企业家服务队。从此,身穿红色马甲的企业家服务队迅速发展壮大,出现在博商会大大小小的服务现场,成为一道亮丽的风景线。

说起陈会长的博商故事,最难忘的是"5·19慈善赈灾晚会"。2013年4月20日,四川雅安发生7级地震,灾情发生后,陈会长迅速组织服务队,筹备赈灾晚会,时间选在灾后一个月。在短短一个月时间,要办一场数千人的慈善晚会,时间紧,任务重。

在大家的共同努力下,这场慈善晚会非常成功,产生了积极正面的社会影响力,捐款人数达千人以上,是一次凝聚人心、激发爱心的晚会,而陈步霄会长协调各种社会力量,出钱出力,晚会现场还不忘身穿服务队001号队服在现场服务。5•19晚会筹集的善款,除了在雅安地区援建博商学校外,还在四川大凉山地区捐建了两所博商爱心小学,解决了大凉山地区部分贫困村孩子的上学难题,从此开启了博商人定点帮扶大凉山教育的公益之路。

在这场慈善赈灾晚会的筹备过程中,因工作关系,我与陈会长结下了深厚的友谊,我非常敬仰他坚持、不轻易放弃的精神,对年轻人更多的欣赏和鼓励。

陈步霄会长给人最深的印象是外表慈祥可亲,内心无比坚毅。他曾说,1989年因在云南从事烟草生意而认识了褚时健,从此褚老成为了陈会长一生的贵人。

"当初刚刚见到褚老时,感觉他就是个农民,整天把裤脚卷得高高的,跑烟田。我们这些做烟草生意的朋友常说,褚老板是最不像老板的老板,非常低调,没有任何的架子,很朴素,但是所有的人见到他会有一种莫名的敬畏感,他在所有的人心目中就是神,经营之神。褚时健先生是我永远的朋友、偶像,是典型的企业家精神领袖,与他聊天,你会感觉到一股很强的精神力量。"

陈会长的分享,让我想起了吴晓波老师的话,"人的一生中,遇见什么样的人,然后有机会成为那样的人"。

"我希望就算在生命的最后一刻,我们都还活在勤奋中!"陈会长永远激励着一代代年轻的创业者和博商人,奋发图强,勤勉一生。

第三位贵人是自称"铁匠"的陈万强会长。

陈万强会长,生于1954年,来自人杰地灵的汕头潮阳区。他是博商会创会元老,是深圳博商会第三届、第四届会长,是博商会建设和发展的精神领袖。

穿唐装,戴眼镜,精致的小胡子,额头写着岁月的沧桑,眼中闪烁着睿智的光芒。这是大家对陈万强会长的第一印象。

博商会初创时,大大小小的会议很多,重要会议时万强会长总是从惠州赶来出席。每次会议伊始,万强会长总是认真倾听,沉默寡言,但最后一刻,一鸣惊人,把讨论话题推向高潮。

在美好的时代

　　每年博商年会前的筹款拍卖会，霸气十足的万强会长总是把气氛推向高潮，所以年年筹款都以完美收场。当然，霸气的背后，是一位老博商人对组织的真爱。

　　2013年8月，汕头潮阳发生特大水灾，数百万人受困。水灾发生第二天清晨，睡梦中的我被万强会长的电话惊醒。他语气急促，说现在家乡有灾难，博商会有许多潮汕人，大家应该团结起来，有钱出钱，有力出力，为家乡尽一份力。

　　我快速发布了通告，很快得到了许多博商人的回应，大家纷纷捐赠大米、油、盐、水、药品、现金。不到三天，我们筹集的救灾物资达十余辆物流车，并在企业家服务队的协助下，发往潮阳灾区。

　　万强会长在灾区接应我们。他提前做好了灾区调研和沟通工作，救灾物资一到，很快就发放到了受困灾民手中。那天，让许多人感动的一幕，是年过花甲之年的万强会长一直在亲自搬运物资，将一箱箱水、一袋袋大米从物流车上搬下来。盛暑时节，天气无比炎热，老会长汗流浃背，但始终坚持亲力亲为。

　　那天晚上，我真心被眼前的一幕幕感动了，夜色下的背影让我眼角渐渐湿润，而会长自己在潮阳的工厂早已是水漫金山。他的手机有无数个未接电话，而彼时，他已无暇顾及。

"企业家要懂得分享"是陈万强会长的人生哲学。2017年2月23日,深圳市第二届民营企业家春晚在宝安体育馆举办,这是南方地区最大的企业家年度盛典。开场时分,陈万强会长致辞,声音听上去有些沙哑,主持人撒贝宁送来一盒金嗓子,万强会长欣然接受,准备走到台下时,撒贝宁开始调侃:"陈会长,我给您一粒,您怎么整盒都拿走了?"

"企业家要懂得分享,台下还有许多企业家,我要跟他们分享。"老会长机智快速的反应,让撒贝宁十分钦佩。

陈万强会长是匠人精神的代表,他认为,一辈子只做一件事情,也是一种很棒的生命体验。

他是实体经济的守护者,是工匠精神的捍卫者。他所倡导的"正心、正念、正能量",成为博商会坚守的精神价值观。

遇见博商三宝,是我人生最幸运的事。与三位长辈结成忘年之交,让我学到了做人最重要的品格:正直、勤奋、坚毅、专注。他们身上的人格魅力和奉献精神,必将让我受益终身。

我与三宝相约,等博商会成立十周年、二十周年、三十周年时都要相聚。这是生命的约定。三宝的情怀,早已超越了时间和空间,直到永恒。

新的征程

我在深圳的十年里,有八年时间是在陪伴和呵护博商会这一新生婴儿的诞生与成长。

2017年6月15日,又一新的生命诞生了,我当父亲了,人生第一次。

这次来得有点早,比预期早产了两个半月。医生告诉我,孩子出生只有1150克,也就是2.3斤,存活下来的机率只有一半,让我要有心理准备,但他们会尽全力。

孩子在医院的保温室里救治。我隔着玻璃,远远望着保温室里的他,嘴里插着一根管,非常痛苦的样子。我的眼泪瞬间哗哗直掉,心里像在流血,但一直在默念着:"孩子,你要坚强,你一定要活下来!"

上天眷顾,孩子挺过去了。在医院救治后,孩子顺利出院,检查一切都很好,跟正常孩子一样。

"高额头,大眼睛,双眼皮,耳朵长得很有佛缘。"医生说。

我给他取名"郑一宸",希望它能拥有坚强的意志力和超强的生命力。

初为人父,意味着责任与压力。鲁格·肇嘉作品《父性》中说,"父亲"这个身份包括了五个成分,分别是:供养、护佑、规训、传道、胜利，要做一个好父亲，传递给孩子生命的意义和价值，才是最重要的任务。

　　对于孩子来说，一切都是新的；于我而言，这也是一个新的征程。

P.209 美好的时代

每天经过此处,都能得到新的感悟,远处的影像宛如雨后春笋般的希望,生生不息。

Part 4

遇见美好

P. 212

相　遇

在美好的时代

致风中飘扬的青春

青春宛若月亮,在繁忙的生活中毫无存在感。待夜色如帘幕般垂下,万籁俱寂中便会浮现出耀眼的悸动。

一

我的高考已过去了 17 年,时光如水,如今我在一个自己喜欢的城市工作,理想在人生轨迹上野蛮生长,未来也变得清晰可控,但回首高考之时的喜悦与哀愁,却恍如昨日。

身为潮汕人,家庭中的教育更倾向于向世界、向现实学习,对于书本教育有一种天然的疏离感。在很多人的眼里，潮汕人并不擅长读书，但做生意厉害，勤劳肯吃苦。这是由于潮汕特殊的地理环境与文化。从历史原因来说，越是富庶的地区，越有资源支撑起教育文化。但是潮汕靠海，土地贫瘠，所以更多的资源用来生存，而非投向教育。与书本知识相比，潮汕人更相信生存智慧，更相信自己的实践。

大多潮汕父母对于孩子的学习并不重视，很多潮汕老一辈人连自己的名字都不会写。我家也一样，家里几辈人都是靠海为生，勤劳的父母依靠勤恳与聪慧给了孩子不错的物质基础，但从未要求过孩子好好读书，更没有奢望孩子可以考上大学。

学习无需过分计较，家里更不会过分施压。但出乎他们的意料，在小升初考试中，我考了全校第一名，考上了当地重点中学饶平二中。我在小学几年里从未拿过奖状，这次的超常发挥让我成了家人眼中的奇迹，也成了我人生的拐点。

人生的拐点，意义在于发现了生活的另一种可能。原本以为不会在读书路上有前途的我，因为这次超常发挥，成为整个村里的"明星人物"。那个暑假，我的父母走路都带风，家里长辈与亲戚都以我为荣。这也是我第一次明白读书的意义，第一次认为自己也有能力得到自己想要的东西。

原来的自己从来都没能想过有朝一日可以得到这些荣誉，懵懂到甚至从来没有意识到理想与自己有什么关系。今天回想起那个暑假，更像是理想照进了生活，读书突然变成了一件有意义的事情。父母与家人也将我视为一种荣耀，那种引以为傲的态度，让我不自觉地对自己提高了要求。

而这个意义终将通向何方，那时的自己并不懂。

二

进了饶平二中之后，我开始了六年的学霸生涯。那六年里，单调的生活除了读书没有第二件事情。自己没有什么业余爱好，也没有所谓的叛逆期和迷惘期，一直沉迷于读书，日子简单得不能再简单，现在想想，真是一种极致的单纯。心无旁骛的六年里，"学霸"成为我的标签，也成为自我的期许。学习成了我一生的习惯，也使我受益一生。那六年里，我唯一的理想就是考上名牌大学，因为那里有更多的知识与未来。

时光飞逝，考期渐近。高考倒计时，从365天开始计，从倒计时写在黑板上时那一天起，紧张氛围悄然滋生。

自信到甚至有些任性的我，把选考科目选择为"历史"。我已经想不起选择历史的初衷，但如今回想起来，这几乎是一个风险极高的选择，因为能报考的专业实在不多。那时我可以把六本历史书从头背到尾，一字不差。那样超强的记忆力，现在想想都觉得不可思议，或许这就是我选择历史的原因了。

2000年7月7日至9日的三天时间里，那般紧张又透着平静的三天里，就像是训练了太久太久的将士终于踏上了战场，有些新鲜又有些紧张。那三天里，家人比我更紧张，紧张到不敢和我讲话。他们不知道和我说什么，认为说什么都怕增加我的压力。所以他们一路沉默着，为我打点好所有的起居饮食，无时无刻地观察我的需求，帮我安排好了所有，事无巨细，体贴入微。

我从未见过我的父母那般紧张，紧张到不敢多说一个字，唯恐打乱我的思绪。我在那样的沉默与细心里能感受到他们是何等在意结果。或许这便是父母深藏于内心的小心翼翼的爱吧。

考完最后一场，我走出校门，烈日当空，阳光滚烫，拥挤的校门口站着无数焦急等待的家长，但是都很安静，每个人的眼里都充满了疲惫与期冀，但更多的是欣慰与紧张，汗水与阳光，皱纹与微笑。我的父亲一个人站在那里，紧紧地抱着一个西瓜，一动不动地等着我。

我一出校门，父亲就看到了我。警戒线以外，父亲扬起笑容向我用力挥着手臂，示意我快过去，别晒着了。父亲在拥挤的人潮里护着那个西瓜，像护着一个谨小慎微的梦想。

那一刻，我的眼角湿润了。

那个西瓜是我吃过的最甜的西瓜，沁甜入心。

三

2000年7月底，高考成绩出来了。结果于我而言还算满意，最高兴的是我父母：一是高考作文满分60分，我得了59分；二是我的历史几乎考了满分，名列潮汕地区历史第一名，成为当年的单科状元。考完之后，有同学告诉我，我的作文入选了《作文成功之路》优秀高考作文范文。

那时的高考志愿要在高考前一个月填写，我选择了号称中国信息产业的黄埔军校北京邮电大学。北邮的就业率很高，当时信息产业很热，就业前景明朗。一个文科生选择了一个热门的工科大学，我的执念在外人看来十分稚嫩，但做出这个决定前，内心早已踌躇了无数次。

有些选择是他人的意料之外，自己的情理之中。

2000年9月，我如愿考上北京邮电大学经济管理学院，从此，开始了四年的北上求学生涯。有些结果，看似无缘无故，

在美好的时代

实则功到自然成。

  高考结束之后，涂卡的那支 2B 铅笔被我收藏了起来，也算是一种青春纪念。每次拿起，似乎时间就倒流回那个暑气蒸人的夏天，那个奋笔疾书的考场，回想起那时的心情，那年的同学与奋斗的青春。

  高考为飘扬的青春点上了耀眼的一笔。求学路上，每一次的肯定都意味着新的可能，新的自信。当年的固执，因为一次超常发挥而走上了一条与父辈截然不同的路；当年的任性，因为自信而选择了一条看上去突兀不合情理的路。那六年时间里的勤勤恳恳，因为一往无前最终得到了想要的结果。

  世上从来没有什么能够一蹴而就。青春宛若月亮，在繁忙的生活中毫无存在感。待夜色如帷幕般垂下，万籁俱寂中便会浮现出耀眼的悸动。每一段走过的路，每一步踩过的泥泞，都引导着我走向心中的圣地。那是青春，那更是一段关于成长与蜕变的路途。没有走过那些路，就无法变成今天的我，人生的每一步都从不曾浪费。

  人生像是一场永不停歇的路过，路过青春，路过青涩，路过迷惘，路过坎坷，青春封存，成长永驻。昨日所有的我，最终成为今天的我。

相 遇

人生的拐点意义，在于发现了生活的另一种可能，而这个意义终将通向何方，那时并不清晰。

我的大学

所谓大学的意义,在于选择,选择成为什么样的人,毕业后用怎样的视角看待这个社会。你可以让自己挑选这个世界,也可以让这个世界挑选你。

一

2000年9月,我一个人拎着两个大箱子,北上求学,那是我第一次离开家乡,第一次踏出潮汕地区,一切都感觉十分陌生。

刚到北京，一口潮汕普通话让别人听起来有些吃力，那也是我第一次用普通话和人交流，一切都是那么新鲜。

北京邮电大学每年只有极少数专业招收文科学生，我就是那极少数人之一。

大一，一切新鲜又美好。

北邮经管学院新上任的院长阚凯力教授，是改革开放后第一位美国斯坦福大学毕业的中国留学生。在那里，他完美地完成了硕士、博士、博士后的学业，怀着满腔的爱国热情，还有异域高校留给他的全新的技术管理理念，回到了国内，全身心地投入到我国电信改革的事业中来。

阚凯力教授上任院长后，提出了一个非常大胆的构想，从2000届大一新生起，尝试用斯坦福创业公司的模式来管理学生，不再设置传统的班长及班委，并从大一工商管理与经济学两大专业试点成立改革小组。

懵懂但一腔热情的我参加了小组成员面试，面试官是阚教授和学院老师，当时问了什么问题已经记不住了，但有一点可以肯定的是，因为我的态度非常坚定，参与的热情十分高涨，这份热情感染了他们，最终，我的面试拿了最高分，并担任起改革小组组长。

经过三个月的努力，我们搭好了一个类似创业公司的框架，设计了主要业务和职能部门，然后开始竞选CEO，布置各职能部门的人选，然后准备一边学习一边研究创业。我们当时的理想很美好，甚至有想引进外部天使投资的想法，等大学毕业时，公司也差不多可以上市。

理想很丰满，现实很骨感。现在回想起来，阚教授的想法太超前，我们的想法太天真。"改革"一年后，阚教授因个人原因不再担任北邮经管院院长一职，新上任的院长、著名电信专家吕廷杰教授认为，学生就应该简单点，以学习专业知识为主，创业是毕业后的事。至此，一切又回到原来的样子，我们重新做回了学生，我的大学时光就是从这段"闹剧"开始的。

二

大二如何过，才算不虚度？

有人总结出"大二现象"，集中表现是：进入自主学习阶段，学业上出现"两极分化"。有的人学习目标很明确，开始对专业问题进行研究，并逐渐清晰自己的方向；有的人则开始迷茫，不在状态，通过疯狂玩网络游戏虚度光阴；也有的人开始谈恋爱，当然，爱情也是生活的一部分。

北邮是一个注重实践和应用的大学，每年都会举办各类创业创新大赛，优胜者还可以代表学校、代表北京市参加全国更高层级的比赛，这也给了我展示自己、锻炼自己的机会。

在这个大环境下，我毫不犹豫地组队参加了首届北邮创业创新大赛，并担任团队 CEO。

时任北邮校长林金桐为大赛赠言："不仅要培养工程师，更要培养创业者。"我们的参赛项目是"大学生旅行网"，市场定位是青年学生特色旅行市场，通过互联网整合旅行社、航空公司、景点等资源，为青年学生提供廉价并且具有特色的团队游。那一年是 2001 年，互联网在中国开始热起来，携程网刚刚起步。

经过三个多月的准备、调研，我们的创业项目经过几轮答辩和路演，最后杀进决赛，最终获得了"十大创业项目奖"和"最佳团队奖"。

而后，我代表北邮参加首届北京市"挑战杯"大学生学术科技作品竞赛，以作品《中国通信运营企业的客户忠诚度管理》获得北京市一等奖，后又代表北京市参加全国第八届"挑战杯"，并且获得二等奖。这份作品是我历经五个月，做了两百多个客户调研，运用所学的经济学供需模型，总结提出的用户忠诚度管理模型。

  "挑战杯"被誉为中国大学生科技创新创业的"奥林匹克"盛会,是中国大学生最关注最热门的全国性竞赛。参加"挑战杯"是我一生难忘的经历,它不仅是我的一次学术之旅,更是学会调研、整理总结观点、与导师沟通、学以致用的一次重要实践。参加的过程需要付出许多,当同学们都在节假日放松时,我在图书馆查文献、找资料;当寒假大家回家过年时,我冒着严寒深入社会实地调研;当其他同学一起逛街、聚会时,我一个人坐在教室写文章……

  付出总是有回报的。凭着"挑战杯"取得的成绩以及这一份学术作品,成为后来香港科技大学录取我的重要理由。

三

  大三,被称为是大学中最重要的一年。

  然而,我们的大三,却有一段不一样的共同记忆。

  2003年春节过后,"非典"肆虐,北京成为重灾区,全城恐慌。5月后,学校开始紧急封校。舍友冒险出去当家教,回来在校门口直接被带走隔离。校医院的顶楼被禁入了,入住的都是外出访友、探亲的学生。被隔离的舍友描述起那段时光时,还略带几分"怀念":早起发鸡蛋、苹果、牛奶各一份,午餐鸡腿、鸭梨各一个,早中晚测量体温,电话上报;为缓解心理压力,发放电话卡;这些全免费的同时,每天还有十块钱的隔离补助。

人心惶惶的氛围下,我们一个星期的课程缩减到三四节,原本是一百多人的课堂,被分成两拨人,上下午分开上课。一次上课期间,有同学咳嗽了几声,结果其他人都慌乱地逃出了教室,教授回过神来发现教室已空无一人。

很多同一城市不同大学的恋人,一个多月见不了面,学着电视剧里的剧情,翻墙探视的大有人在。每天学校围墙下都有哭泣的情侣,隔着铁栏杆手拉手互诉衷肠。根据这一现象,学校立马布置了建筑工地上的红蓝条隔离带,在围墙内再设置警戒线,还安排了班干部组队巡逻。

这场浩浩荡荡的"非典",成为大学期间一段特殊的小插曲。那年之后,中国互联网和电子商务迅猛发展,催生了网络经济,同时也带动了中国企业信息化建设。

四

　　大四,是告别校园、各奔东西的一年,每个人都在筹谋去向。

　　去运营商、华为、中兴等是北邮毕业生的第一选择,各省市电信运营商校招从2003年年底开始,2004年春节前后大多数同学已找到工作。

　　我的理想是出国留学,所以从2003年下半年就开始准备考托福、考雅思、考GRE,去新东方学习自然也成为必经之路。那些年,俞敏洪老师的励志故事感动了许多人,"在绝望中寻找希望"的口号激励了无数年轻学子,在那个身心倍感压力的巨变时代,不畏艰辛,寻找他们的"美国梦"。

　　我是其中的一名。2003年的冬天特别冷,大雪也阻止不了我求学的脚步。我踩着单车,在大雪纷飞寒风瑟瑟的下午,一路从北三环骑行至北四环。轮胎在雪地里发出"咯哒咯哒"的响声,遇到崎岖不平的路面,轮胎容易打滑,一路摔了好几次,好在身上穿着厚厚的羽绒服,摔倒了爬起来继续骑。"寻找梦想的路上,就是摔倒了爬起来,不断摔倒不断爬起来的过程,要不屈不挠才能成功"。一想到俞敏洪的这句话,心里满是希望。

  2004 年 2 月，我被深圳腾讯公司录取，当时招聘我的人力总监开玩笑说："老板马总是你的老乡，好好干，会有前途的。"5 月，我收到香港科技大学商学院的录取信，专业是经济学硕士，还有一笔丰厚的奖学金。在一个有前景的公司和一个亚洲名校之间，我徘徊了许久，最终选择了港科大。我的"美国梦"没有实现，最后去了离家乡更近、毗邻深圳的香港，开始了另一段学习生涯。

  我的大学四年，简单充实，不谈恋爱，不玩游戏，不看网剧，经常一个人自习，一个人泡图书馆，一个人上新东方，唯一参加的社团是《校报》编辑部。从大一到大四，从一名小记者一路成长到主编。那四年的北邮校报，每期都有我的文字。

  大学四年，是人生最美好的时光，是真正培养能力，塑造人生观和价值观的重要阶段。毕业了，并不意味着离开大学、离开大学精神。所谓大学的意义，在于选择，选择成为什么样的人，毕业后，用怎样的视角看待这个社会。你可以让自己挑选这个世界，也可以让这个世界挑选你自己。

在美好的时代　　　　　　　　　　　　　　　P. 229

北邮每年只有极少数专业招收文科学生，我就是那极少数人之一。

《腾讯传》

没有君王,便不为其他所困,自由的思想,纵横的笔端。虽不知去路,却知道自己的原则。

一

或许每个人的心中都有一个无法企及的梦想。一路跋涉,一路历险,就是为了离梦想近一些。对于吴晓波而言,他曾经的梦想如今想来就是一股书生之气。

书生,这个看似与吴晓波不相干的名号,其实是吴晓波最为真诚的写照。

在百度百科里，吴晓波有很多响亮的名号：著名财经作家，哈佛大学访问学者，EMBA 课程教授，蓝狮子创始人，等等。这些名号意味着社会的认可，更意味着吴晓波在业内乃至社会的地位与影响力。

这位从复旦大学毕业的新闻系学生，哪怕已经取得了这般成绩，在面对这些名号时，内心渴望的自我定位依然是书生。

比如写《腾讯传》这件事，在外人看来，吴晓波作为商业观察与公司研究为主业的财经作家，帮腾讯写出一本公司成长史，是一个互为成全的机遇。但吴晓波认为，这份机遇是他的重要学习机会。

吴晓波撰写他的成名作《大败局》时，不过花费了一年多的时间，但这本《腾讯传》，都足足写了五年。他懂得那些创业者的心情，懂得那些成败得失后的人性抉择，更懂得每位创业者对于时代和中国的意义。

他的内心，更执着于知识分子，执着于"书生"这个称谓。知识分子，这是一个自出现起就带着些不食人间烟火，埋首于故纸堆味道的词汇。这个称谓与那些商业天然有着距离，与那些战略布局、市场调研、销售计划等有着天然的相斥。更别提书生了,何谓书生?一提书生二字,脑子里想起的更多的是一身素衣,一支笔一卷书稿在手,眼远望,身清冽,身不动而知天下事的超然与疏离。

吴晓波也有一支笔,这支笔自他进入大学那天起就被他紧紧地抓在手中。在大学里,他那样的自由,因为社会从没有干扰他的思想,而他也从不曾想过社会对于他的意义。他只是学着那些知识,在书海中畅游,甚至有些书生意气地想着:要做一个没有君王的书生。

没有君王,便不为其他所困,自由的思想,纵横的笔端。虽不知去路,却知道自己的原则。

直至大学毕业,他才猛然发现,原来这个社会不仅只有书生,经济的浪潮早已把所有人都卷进了时代的洪流。他毕业那年,是1990年,那几年正是中国商品经济的发端。

他还是有些迷惘,要知道到了1995年大学生才不包分配,一切在计划经济里井井有条,商品经济究竟是一种怎样的存在?很快他便明白了商品经济意味着什么。

作为一个知识分子,作为一名书生,吴晓波选择了贴近时代。

他把一年写够五千元稿费的作品作为自己的年度目标,相比于那些主流的理想与目标，这样现实得几近异常的目标让他到遭到众人侧目。但很快，他实现了自己的目标，甚至超出了所有人的想象。灵敏而睿智的吴晓波，像一条溯流而上的鱼，他要积攒足够的力气，足够的资本与眼界，只有这样，他才能靠近那个时代的核心，理解这个时代，见证这个时代，直到记录这个时代。

或许，这便是他与当时那些同事们最大的区别。面对时代，他没有自困，而是奋力游向了最光明的地方。他手里那支笔引导着他，向着时代最热切的地方前进。"纸上得来终觉浅，绝知此事要躬行"。当他有了足够的资格与这个时代平视时，他终于拥有了记录时代的资格。

而这，为他带来了名望，带来了声誉，也带来了财富。

二

这是一个多么复杂的世界，从计划经济转向市场经济，从人讲奉献到人人讲效益，各种思潮碰撞，各类思想争先恐后地涌现，甚至让人无所适从。这又是一个多么单纯的世界，不论你是何出身，无论你有何经历，无论你从哪里来，都有可能成就你在自己。

不明真相的观众们被吴晓波身上的光环闪耀,却从未想过其初心其实从未变过。

这种不变,体现在他对蓝狮子的坚持上。出身财经,却做了一个极为艰难的行业——出版业,并坚持为自己的这支笔而辛劳奔波。

以吴晓波的能力,他有拒绝的资格。这支笔已经不再需要负担起养家糊口的责任。当这支笔真正自由之时,便是吴晓波实现理想之时:吴晓波选择了书写中国企业史。不同于原先的自由创作,不同于原先的主题创作,这次的书写,是对一个个公司的记录,也是对中国互联网的记录,更是对整个中国企业生态和社会行为习惯变更的记录。

腾讯,这个以即时通讯软件起家的互联网公司,实现了当时国外所有即时通讯公司做不到的事情:盈利。自我探索与试错,成就了这家互联网公司。而腾讯在成长壮大的同时,开始计划做另一件事情:记录。

对于新闻专业出身的吴晓波来说,这样的相遇恰逢其会。吴晓波一直在媒体方面深耕,也一直关注改革开放之后中国企业的生存状态。商业已经成为时代的主流,记录商业史即是一件记录时代的事情。

在美好的时代

从计划经济里学到自由与理想真味的吴晓波，在市场经济里再一次找到了记录时代的自由与理想。吴晓波的才华更在于他深入市场、深入企业之后的阅历与经验。长达数年的中国企业研究，让吴晓波对中国企业发展有了新的理解。吴晓波，已经成为中国优秀而卓越的财经作家，对中国商业史和企业史有着不可磨灭的贡献。"吴晓波"三个字定会被中国商业史所铭记。

三

2011年11月的一个傍晚，吴晓波与马化腾站在深圳威尼斯酒店的门口，临走前，马化腾教吴晓波下载微信，并用"摇一摇"功能互粉。那时马化腾刚刚结束与360公司的一场"战争"，全民皆知，这边尘埃落定，那边的新浪微博与腾讯微博又为争夺用户打得不可开交。

但那时的马化腾不紧不慢，看不出半分紧张与迫切。商场如战场，互联网上的硝烟从无声息。

马化腾告诉吴晓波，腾讯上线了一个新产品，叫"微信"。现在已经有了3000多万的用户，并且用户日增长量为20万。"因为有微信，所以，微博的战争已经结束了。"这是那晚马化腾对吴晓波说的最后一句话。日新月异的时代里，互联网无时无刻不在酝酿着新的价值黑洞。当众人的注意力还放在传统区域时，腾讯已经悄然发掘出了另一片疆域：微信。这片疆域由腾讯一家独掌，并以迅雷不及掩耳的速度快速成长起来。一天20万的用户增长量，每分钟都是流量与关注。

换作任何人接触到这样一家企业时，写下的文字要么执着于其耀眼，要么截取其成长艰辛，要么致力于寻找其成功的密码。但吴晓波却跳脱了一切评价与成败，平静记录，娓娓道来。

接下来的两年多时间，吴晓波访谈了与腾讯相关的六十多位高管。因为他们见证了腾讯的成长，也参与了腾讯的决策。他还查阅了腾讯的许多内部资料和文件，走访了互联网业界的从业者、观察家和腾讯的竞争对手。这一切都是为了全方位的了解腾讯。

要知道，最初吴晓波计划用两三年的时间来完成《腾讯传》。回首来路，吴晓波总结了迟迟无法完成《腾讯传》的三点原因。

第一是腾讯公司自身原因。这样一家互联网公司，秉承的是向前看，跟随网络脉搏而动。所以腾讯对自身的档案管理杂乱无章，原始文件缺失，重要内部会议几乎找不到任何文字记录，再加上这是一家靠电子邮件来沟通业务的公司。太多的历

在美好的时代

史性抉择，太多的市场动荡，都分散到了参与者的私人邮箱里，甚至只留存在了参与者的记忆里。

而在腾讯人的眼里，"在互联网行业里，所有人的眼睛都盯着未来，昨天一旦过去，就没有什么意义了"。的确如此，对于那些腾讯高管来说，他们都是一项一的数据天才，对于数据完全可以信手拈来，但对于决策细节却很少记忆。这样一家互联网公司，更像是一处理科生的天堂，他们只专注于事情，只关注数据与进程，对于那些外界看来极为重要的场合和会议，却极少留下照片或资料。

第二个原因是腾讯公司的定位。每一家公司都有其自身定位，腾讯是一家以技术立身的公司，对外界来说极为神秘、低调。当时，腾讯在市场上的表现早已经引起了各大商学院的注意，中欧商学院、北大商学院、哈佛商学院等无一例外都向腾讯提出过案例合作的邀请，但却没有一家得到过允许。腾讯创始人马化腾更是低调，不仅很少接受采访，更不愿意出席任何公开活动。整个腾讯上下都在极力避免出现在镁光灯下，从不接受媒体的深度采访，更不愿意出现在学术界的调研材料之中。整个腾讯，在意的是关注未来、关注技术、关注市场。

第三个原因是腾讯的发展趋势。为什么腾讯要构建一个生态型的组织？为什么所有的腾讯高管都崇尚进化论？因为未来充满了不确定性，而腾讯一直对这种不确定性报有敬畏心。这样一家互联网公司，把所有可能的时间都放在了应对瞬息万变的市场上，怎么会有时间去梳理曾经走过的路呢？如果一切都在变化，如果一切都会变化，那么总结又有何意义？

这样的腾讯，让吴晓波在创作过程中，有了非同一般的体验。而遇上书生吴晓波之后，腾讯成为一个客观研究对象。吴晓波撕开了社会对企业的价值崇拜，剥离了金钱对企业的折射扭曲，像一个质朴的书生一般，像读一本书一样，读着这个企业。

笔下的腾讯与写作中的吴晓波正是一个互相滋养的存在，笔下的每个字都基于腾讯的成长史，更基于吴晓波的思考。

在他之前，从来没有一个人系统地整理过中国企业、商业的发展历史，他是第一个做到把中国当代企业在经济和社会发展中的情况真实地还原、重现在读者面前。诚然，在每个时代，都会有报纸、杂志、视频、音频等方式零散地记录当时发生的事情。而吴晓波，则是把这些事件系统整理出来的人，从无序中建立有序。这对后续中国企业的发展、中国商业的发展，意义无疑更大一些。

四

德鲁克说，地球上有一个巨大的谎言，就是人会永生，而企业可以活一百年。企业存活百年，肯定会经历 N 次经济危机，而每次面对时都需要做出适应性变革，但大部分企业是很难做出这种变革的。吴晓波写《激荡30年》时去中关村，发现1994年在中关村排名前一百的企业，到2004年时仍在登记注册的公司只剩11家，仍然排在前一百的只有两家。

正如吴晓波所说，腾讯是一家伟大的公司。腾讯成长的18年，是中国互联网发展的18年，腾讯的存在极大地改变了人们的生活和工作方式。人们不得不承认，这18年里，我们一直没有离开过腾讯。当年一家不起眼的互联网公司，如今已发展成为亚洲市值最高的互联网企业。这是民族的骄傲，也是中国互联网的自豪。这18年来，腾讯从未停止过变革的脚步，这种变革的精神和勇气值得我们学习和敬佩。

吴晓波这些话，说的是笔下的腾讯，也说的是他自己的人生。面对变革，面对时代，他的姿态无懈可击。用五年时间写了《腾讯传》的吴晓波，用近乎执拗的态度还原了一个商业传奇。他像是在记录一个帝国的诞生，细细剖析所有的脉络，像是一名枯燥考究的老夫子一般兢兢业业地调研，查找，反复修订。

在五年的时间里，吴晓波像是被拴在了与腾讯的一纸书约里，但实际上，这五年却是他最为自由的五年。他有了自由，有了记录的自由，有了查证的自由，有了一个书生记录时代的自由。

但吴晓波内心深处依然是一支笔，一卷书，笑谈天下事。他的自由，在于精神与意志；他的理想，在于时代的每一次脉搏。

渺小平凡的我们，似星辰微粒一般构造出了漫天星光。而这星辰之下的人世，总需要一个像吴晓波一样的记录者，明察秋毫地描绘着星图与每一颗星光的痕迹。这或许便是那个你不知道的吴晓波。有些与他一起出发的同事们，混迹于官场，混迹于新闻，梦想日渐老去；有些与他一般的书生，潦倒于时代变革，挣扎于经济跌宕，甚至只剩傲骨。

唯有他，怀揣着一颗书生初心，读懂了这个时代，记录了这个时代，也成全了自己的人生。

在美好的时代　　　　　　　　　　　　P. 241

那些与他一般的书生，潦倒于时代变革，挣扎于经济跌宕，甚至只剩傲骨。

致敬改革开放 40 年

任何一个人、一个民族的崛起,依靠的或许是勇猛、机灵与运气,但真正的崛起是持之以恒的耐力、毅力和更长远的智慧。

2018 年,中国迎来一个值得铭记的历史性时刻:改革开放 40 周年。

如果没有 40 年前的这场改革开放,今天的很多政治家、企业家和社会精英还挣扎在"上山下乡"的历史漩涡中;没有改革开放,生存都会成为奢求。应该说,改革开放是中国历史性的转折点,是决定当代中国命运的关键事件。

在美好的时代

一

　　1978年，是中国近代最具有意义的一年，某种意义上，仅次于1949年。这一年，有无数中国人的命运因这场改革而改变。

　　1978年以前，中国实行的是苏联模式的计划经济，以阶级斗争为纲，因此，如何摆脱观念的枷锁成为改革开放的主要挑战。"文革"结束后，"两个凡是"成为束缚社会进步的巨大枷锁，彼时，邓小平、胡耀邦审时度势，精心策划了"关于真理标准的大讨论"，以迂回的方式瓦解了"两个凡是"。从此，"实践是检验真理的唯一标准"成为社会的共识。

　　1978年12月，中共十一届三中全会召开，解放思想、实事求是成为中共的政策方针，以邓小平为核心的中央领导集体开始承担起艰巨的使命，改革开放政策正式提出。

　　这一年对于我们最大的意义是：通过读书与奋斗改变命运，获得更好的生活，变成了广泛性的可能。

　　改革从农村开始，取得了突破性的成就，而成功的背后就是制度的创新：搞承包制。乡镇企业开始大量出现，并取得了不错的成绩。到了1984年，改革在全国达成共识。1984年的十二届三中全会通过了《中共中央关于经济体制改革的决定》，中国的城市改革开始启动。

许多学者将 1984 年称为"中国公司元年"，我们现在耳熟能详的企业家都是在这一年创业：王石在"偶遇"邓小平四个月后，创办了万科公司的前身——深圳现代科教仪器展销中心；柳传志不甘心做一个平庸的科研人员，在中科院计算机研究所简陋的传达室内创办了联想公司；史玉柱毅然告别了安徽省统计局办公室的机关生活，跑到深圳兜售自己编写的软件；段永平愤然离开分配单位北京电子管厂，发誓再也不会在国营工厂里上班，坐火车去了珠江三角洲；华南理工大学毕业生李东生，则在惠州一个破败的农机仓库生产录音磁带；李书福和几个兄弟成立了冰箱配件厂；而张瑞敏在这一年当上了亏损的国营工厂的厂长……

1984 年是一个骚动而热烈的年份，一大批日后引领中国商业潮流的民营公司，在这一年崭露头角。

二

1988 年，改革开放的第十年。

这一年，国务院正式公布《国务院关于鼓励台湾同胞投资的规定》。郭台铭率先于深圳成立了广东深圳富士康精密组件厂，生产电脑周边接插件，也因此获得了巨大的红利。数年后，登顶台湾首富。经历过屡次倒闭和破产的他，终于证实了他妻子的眼光：金鳞岂非池中物，一遇风云便化龙。当年，其妻不顾家人反对，嫁给了当时还是穷小子的郭台铭。

这一年，海南经济特区成立，同时第一代房地产商人开始闪亮登场。其中包括SOHO的老板潘石屹等，都是在那一年开始发迹的。影片《芳华》中的刘峰在海南骑三轮车，陈灿在海南做房地产，亦是在这个历史背景中发生的。

1992年，88岁高龄的邓小平南巡，发表了影响深远的系列谈话。引爆思想解放的金句，至今余音绕梁。

> 计划和市场都是经济手段，不是社会主义与资本主义的本质区别；
>
> 社会主义要赢得与资本主义相比较的优势，必须大胆吸收和借鉴人类社会创造的一切文明成果，包括资本主义发达国家的一切反映现代社会化生产规律的先进经营管理方式；
>
> 改革开放胆子要大一些，敢于试验，不能像小脚女人一样。看准了的，就大胆地试，大胆地闯；

不改革开放，不发展经济，不改善人民生活，走任何一条路，都是死路！

"九二南巡"是一次极为成功的推动改革行动，在40年改革开放历史中是具有里程碑意义的事件。可以说，十一届三中全会打开了改革开放的闸门，"九二南巡"则让改革开放成为不可逆转的历史洪流。

三

1998年，时任国务院总理朱镕基在两会新闻发布会上宣布："住房的建设将要成为中国经济新的增长点，我们必须把现行的福利分房政策改为货币化、商品化的住房政策，让人民群众自己买房子。"这是对当代中国影响最深的事情之一。自此，中国房地产便走上一条快车道。

同年11月，马化腾和他的大学同班同学张志东正式注册成立深圳市腾讯计算机系统有限公司，即后来的腾讯公司。

1999年9月9日，曾担任英语老师的马云在浙江杭州创办阿里巴巴，"让天下没有难做的生意"成为阿里的使命。

1999年底，身在美国硅谷的李彦宏看到了中国互联网及中文搜索引擎服务的巨大发展潜力，抱着"技术改变世界"的梦想，毅然辞掉硅谷的高薪工作，携搜索引擎专利技术，于2000年1月1日在中关村创建了百度公司。

至此，BAT时代开始，中国迎来了互联网迅速发展的黄金十年。

2008年，这一年的北京奥运，将中国人的自信和爱国情怀推到了顶点。

奥运结束后的第21天，美国次贷危机全面爆发。

其实早在2007年4月，美国第二大次级房贷公司——新世纪金融公司的破产，就暴露了次级抵押债券的风险。从2007年8月开始，美联储做出反应，向金融体系注入流动性，以增加市场信心，美国股市也得以在高位维持，形势看来似乎不是很坏。但随后雷曼兄弟崩盘，金融危机全面爆发。2008年，中国的四万亿计划推出，大量央企、国企、民营企业开始蜂拥至房地产领域，房地产市场从此一发不可收拾。

到今天，我们恰好度过了这个房地产的黄金十年，这亦是中国实业的十年迷茫期。曾经我们也有过无数企业家，踌躇满志，"以产业报国，以实业立国"的呼声也曾游荡在耳边，后来他们大多变成了房地产专家和金融专家。

四

2008年至2018年，是中国经济巨变的十年。2010年中国首次超过日本，成为世界第二大经济体，成为"制造第一大国"，北京大学国家发展研究院周其仁教授用"水大鱼大"四个字来形容过去十年的经济与市场。

"在这十年里，中国的经济总量增长了2.5倍，一跃超过日本，居世界第二，人民币的规模总量增长了3倍，外汇储备增加了1.5倍，汽车销量增长了3倍，电子商务在社会零售总额中的占比增长了13倍，网民数量增长了2.5倍，高铁里程数增长了183倍，城市化率提高了12个百分点，中国的摩天大楼数量占到了全球总数的七成，中产阶层人口数量达到2.2亿。"

"大水之中，必有大鱼。"世界财富500强榜上，中国的企业上榜数量由35家上升到115家，其中有4家进入了前十大行列；腾讯和阿里巴巴成为世界级的互联网公司；华为则发展成为全球通信产业龙头，《经济学人》称它是"欧美跨国公司的灾难"，《时代》杂志称它是"所有电信产业巨头最危险的竞争对手"。

过去十年,产业迭代速度加剧,市场更加多元复杂,行业边界越来越模糊。以互联网为基础性平台的生态被视为"新世界",它以更高的效率和新的消费者互动关系,重构了商业的基本逻辑。

2010年,刚刚进入不惑之年的雷军突然想"有点追求",于是创建了小米科技。小米创业的第一步是智能手机,2011年发布了第一款手机,很快在智能手机市场撕开了一个口。小米用四年时间做到中国手机市场的第一。

小米潜伏很深,成功地绕开BAT三座大山,用短短几年时间完成整个互联网的布局,构筑了手机、MIUI、米聊的移动"三驾马车",开辟了一个新的战场。这是一个围绕着小米手机的小米生态系统。雷军多次强调,小米不只是一家智能手机厂商,更是一家互联网公司。

雷军说:"我的梦想有点儿夸张:推动中国制造业进步,让消费者用便宜的价格享受到科技的乐趣。我不奢望大家现在能理解小米的模式,我只希望10年、20年之后,当大家提到中国零售效率、制造业变革时,记得有小米这么一个名字就好。"

"水浊鱼杂"是过去十年中国市场的又一显著特征,围绕着互联网（尤其是移动互联网）及新技术展开的商战不断。O2O带来互联网第三个冲击波，商战从O2O市场开始，"烧钱"成为投资市场提得最多的词。从打车到团购、从订餐到按摩、从电商到支付，几乎所有细分领域都动辄是几亿、十几亿美元的融资额，烧钱愈演愈烈。商家们的地推打得火热，消费者享受补贴也是乐此不疲。2015年，滴滴、快的合并，O2O领域开始战后重组；2016年，共享单车成为投资新热门，同时也掀起共享单车大战的浪潮。

过去十年，VC、PE催生出了一大批"独角兽"公司，它们在互联网、电子商务、社交媒体、人工智能、虚拟现实等领域各领风骚。当然，也有一组数据统计，截止到2017年，中国一百多家"独角兽"公司，其中八成与BAT有关。

过去十年，是中国经济激荡的十年，水中之鱼生生死死、死死生生，已是常态。周其仁教授总结说："这些年观察中国经济，让人纠结的一个现象就是低头细看，永远是问题成堆；过五年十年回头一看，中国进步惊人。"

五

1978—2018 年，中国通过 40 年的改革开放，取得了举世瞩目的成就，中国再次回到世界强国的行列。

改革开放 40 年间的变化，可以从多个维度解读，包括政策、人口红利、资本的积累、城市以及农村改革等，但我认为，除了这些因素推动，还有一个最重要的要素，就是中国也同样出现了"企业家经济"。企业家经济的产生对应着一个全新人群的出现，他们在中国过去 40 年经济发展中起着举足轻重的作用，这个人群叫作"企业家阶层"。

改革开放在企业家阶层的驱动下，孕育出千千万万的企业，创造出不可估量的社会财富，我国也逐渐成为世界上最重要的商业大国之一。改革开放进行了 40 年，前 20 年我们主要依靠引进，而后 20 年产生了非常多的自主创新。

很多人常问：改革开放 40 年，到底是什么东西在背后驱动？

其实有很多角度可以回答，但我认为最重要的角度就是：我们很多中国人，包括企业家、经理人、工人、学者，都在各个领域努力地发挥着自身的创新力、创造力，从而汇聚成宏大的愿望，是这份愿望在推动着我们取得了今天巨大的成就。这就是企业家精神的推动体现。

从这个角度来说，当我们认识了企业家、认识了企业家精神，也就认识到中国企业在40年的改革开放中真正驱动社会进步的原因。2017年9月，中央专门下文弘扬和提倡企业家精神。这是在国家层面上第一次对企业及企业家精神给予如此高的肯定。

说到致敬改革开放40年，我们最好的致敬方式就是：站在这个时代最好的机遇点上，昂首走出一条全新的道路。

任何一个人、一个民族的崛起，依靠的或许是勇猛、机灵与运气，但真正的崛起是持之以恒的耐力、毅力和更长远的智慧。

1978年，万物开泰；

2008年，三十而立；

2018年，四十不惑。

向改革开放40周年致敬。

在美好的时代　　　　　　　　　　　　　　　　　　　　　　　P. 253

我们最好的致敬方式就是：站在这个时代最好的机遇点上，昂首走出一条全新的道路。

寻找生命的意义

知道为什么而活的人,便能生存。——尼采

未经省察的人生没有价值。——苏格拉底

一

著名心理学家维克多·弗兰克,曾在维也纳大学担任神经学专家,在哈佛大学、斯坦福大学担任教授,还在世界游历讲学。他是一个生活在奥地利的犹太。纳粹时期,他们全家都被关进了集中营,他的父母、哥哥、妻子都死于毒气室,他能活下来堪称奇迹。弗兰克把自己和同时被关进集中营的狱友当成了样本，进行了一个心理学视角的观察。弗兰克在这种极端的生命体验中，开创了意义疗法，对心理学界产生了重大影响，帮助人们找到了绝处逢生的意义。

何谓意义疗法？简单来说，就是为处在痛苦当中的人找到活着的意义。在集中营死去的人当中，有些并不是被杀死的，而是自杀或病死的。弗兰克发现，只有那些还有某项使命没完成的人，最有可能活下来。对于弗兰克而言，在他进入奥斯维辛集中营之后，没有人在乎他叫什么，没有人在乎他的身份地位，他只有一个囚犯编号119104。他的一部未完成的书稿也被没收了。在他一无所有的时候，想要重写这部书的渴望，支持着他战胜恶劣不堪的环境，这即是他在集中营中找到的"活着的意义"。

弗兰克的意义疗法让人们找到了绝处逢生的意义，痛苦也就不再是痛苦。

人活一辈子，到底是被什么意义驱动着？是快乐，是财富，还是权力？弗兰克认为，人生最重要的就是发现生命的意义。人对意义的追求，能够让内心产生一种精神动力。不管是正常人，还是处在极端状态下的人，这种精神动力都是最好的支撑。

在集中营的人，就是靠这种唯一的精神动力才活下来的。

有一个集中营的人，梦见1945年3月30日战争将会结束。因为这个梦，他充满了希望，他相信这个梦是上帝对他的启示。但是随着这个日子的临近，并没有战争结束的消息，到了3月29日，他突然发高烧，陷入了昏迷，结果第二天就死了。突然失去勇气，导致他免疫力急剧下降，结果引发了潜在伤寒的发作。

精神力量竟然可以左右人们的生死，这并不是个例。在1944年的圣诞节到1945年的元旦之间，集中营的死亡率是最高的。多数犯人天真地以为可以在圣诞节之前回家，但是希望的破灭让他们感到越来越绝望，这种绝望严重地削弱他们的抵抗力，甚至导致死亡。相反，有些身体虚弱的人，比看似强壮的人生存能力更强，因为他们把恶劣的外部环境转化为丰富的精神生活，这给了他们无限的希望。所以，即便是在集中营这种极端的环境下，犯人最终成为什么样的人仍然取决于他自己内心的决定，而不单单地取决于集中营里恶劣的生活。

不得不说，人们一直拥有自我选择的自由。是选择放弃生命，还是把苦难当成磨刀石，把忍受痛苦转化成对内在力量的考验，不同的选择使人生具有了不同的意义。极

在美好的时代

少数人能够把困苦的环境看成是使人道德完善的机会。通过自我超越达到了人生意义的新高度,这是从集中营归来的幸存者最为光辉的体验。就是在懂得承受所有的痛苦之后,再也不用恐惧任何东西了。弗兰克认为,想要恢复犯人内在的力量,必须让他们看到未来的某个目标,这一点对于任何遭受厄运的人都适用,这就是意义疗法的内涵。

由莱昂纳多·迪卡普里奥主演的电影《荒野猎人》,讲述了一个猎人荒野求生的故事。格拉斯是一名皮草猎人,在一次打猎途中被一头熊殴打成重伤后,被同行的船长亨利救下,船长雇佣了两个人——菲茨杰拉德和布里杰来照顾他。菲茨杰拉德根本无心照顾格拉斯,一心只想将格拉斯的财产占为己有,于是残忍地杀害了格拉斯的儿子,并说服布里杰将格拉斯抛弃在荒野等死。两人原以为格拉斯很快就会离世,但格拉斯凭借坚强的毅力在野性的蛮荒之地穿行好几个月后,终于回到了安全地带,并开始了复仇计划。

我在观看这部电影时,试想过假如自己是格拉斯,失去妻子又失去儿子,并且身受重伤,我觉得我应该坚持不下去。放弃的原因很简单:我不知道自己为什么而活。电影里一直在强调格拉斯活下去的信念"菲茨杀了我儿",也在不停强调妻子

"风吹不倒根深的树"。"复仇"是格拉斯活下去的根本信念。

哲学家尼采曾经说过一句名言："如果你知道为什么而活着,那么你便能生存。"同样是在说要找到活着的意义。

二

我们大多数普通人,都会给自己找到一个生命的意义。比如,创业者把公司运作上市;养育孩子,让他成才;多赚点钱,让亲人过得更好……有了这些目标,你就可以忍受一时的艰苦,去拼搏去奋斗。但是难就难在,一旦发生意外,你原本追求的意义中断的时候,你能不能找到新的意义。比如,你原本爱一个人,想跟她过下半辈子,但是她突然提出分手;你原本想在公司好好发展,但公司却突然倒闭了……这个时候你该怎么重新找回生活意义。为自己找到新的意义,是我们重新振作的关键。

那么,有哪些方式可以帮助我们发现生命的意义呢?

弗兰克讲了三种方式。

第一个方式是从事某项工作,取得成功,这个工作一定是让你觉得有意义的。一旦你找到了工作的意义,你不但会感到幸福,还会具备应对磨难的能力。

第二个方式是忍受不可避免的磨难,即便是面对不可改变

在美好的时代

的厄运，人也能够找到生命的意义。面对不可避免的苦难，不是怨天尤人，也不是把责任都推给命运或者他人，而是选择提炼苦难的精神价值。超越自我，就在一念之间。

美国著名女作家、慈善家海伦·凯勒，在出生19个月时因患急性胃充血、脑充血而失去视力和听力，这一命运的安排并没有让她失去生活的信念。7岁时在莎莉文老师的帮助下，海伦·凯勒学会了认字，学会了与人沟通。19岁时考入哈佛大学拉德克利夫女子学院。在无光、无声的世界里，她先后完成了14本经典著作，入选美国《时代周刊》评选的"20世纪美国十大偶像"之一。

生命局限让海伦·凯勒有机会碰触到生命所蕴藏的万物之美。她说，万事万物皆奇迹，无论我处在怎样的境地，哪怕是黑暗和无声，都要懂得满足，更要懂得"喜悦藏于忘我之中"。

我们期望生活给予什么并不重要，重要的是生活对我们有什么期望。生命的意义包含着从生到死不断经受苦难的循环之中。诚如尼采所说："那没能杀死我的，会让我更强壮。"

第三个方式是去爱某个人。在集中营的时候，有一次弗兰克在一个寒冷的清晨，被看守拿着枪驱赶着前往工地，脚上的冻疮让他每走一步路都非常艰难，但这个时候他想起了自己的妻子,他唯一的希望是妻子在集中营中可以过得比自己好一些。

他突然领悟了一个真理：对一个人的爱，是可以远远超越爱她的肉体本身，无论爱的人是否在场，是否健在，都不影响爱在精神层面上的涵义。在集中营这种生活极端匮乏、精神高度紧张并且一无所有的条件下，哪怕是对爱人片刻的思念，都可以让人领悟到幸福，获得精神上的满足。弗兰克对妻子的爱和思念，即是他在集中营生活意义的一部分。

曾经，一个患有严重抑郁症的老头儿找到了弗兰克，他说："我的妻子已经离开两年了，至今我都无法接受妻子去世的事实。"这个老先生爱他的妻子胜过世间的一切。弗兰克问这位老先生："如果你先于太太去世了，那你的妻子会怎么样？"老先生说："啊，那她怎么受得了！"弗兰克马上说："对呀，虽然你现在很痛苦，但是你是在替她受苦。"这位老先生立马释然了很多，因为他的痛苦变成了对妻子的奉献。弗兰克帮他找到了这件事的意义。一旦找到意义，痛苦就不再是痛苦了。

爱是人类终身追求的最高目标，也是人们找到生命意义的一个方式，只有在深爱着一个人的时候，你才能完全了解这个人，了解他的潜能。可以说，爱是直达另一个人内心深处的唯一途径。所以，通过爱，你能够帮助对方认识到他的潜质，从而发掘他的全部潜能。

三

弗兰克在他的《活出生命的意义》一书中，用精辟的一段文字，概括了他所理解的生命的意义：

在苦难中如何做出选择

是人不能被剥夺的自由

那么在安逸中必须追寻意义

则是人不能不承担的责任

人生而为人的责任不是去询问

生命的意义是什么

而必须承认是生命向每个人提出了问题

并通过对生命的理解来回答生命的提问

因此他应担当起自己的责任

寻找幸福的理由

活出生命的意义

在任何情况下，人的生命都不会没有意义，而且生命的无限意义就包含着困难、剥夺和死亡，尤其是当人能在生命的绝境甚至死亡中延展出生命的意义来，那么他内心的强大可想而知。在我们整个的人生长河中，我们必须也必然会经受太多的苦难，这是无法逃避的任务。因此，要直面所有的苦难，不能软弱。眼泪是无用的，但也不必讳言眼泪，因为眼泪见证了人们承受痛苦的巨大勇气。这让我想起一位老兵说的话："没有在黑夜痛哭的人，是不能了悟人生的。"

弗兰克认为，人在勇敢接受痛苦和挑战时，生命在那一刻就有了意义。生命的意义是无条件的，它甚至包括了不可避免之痛苦的潜在意义。

明白了痛苦、死亡本是有意义的，我突然发现长久以来的困惑也化为乌有。无论我现在的生活状态如何，无论贫困或富有，无论成功或失败，我所有的生命元素构成的图景都是有意义的。尤其在看不到任何希望、满心只有创伤的时候，我们还能坚持初心，这种精神动力是人生最宝贵的财富。

人度过一生的方式千差万别，睿智的哲人苏格拉底曾在临终时留下一句震撼人心的千古名言："未经省察的人生没有价值。"他那智慧的眼睛，仿佛穿过人世的过去与未来，看透了人世的虚无与存在。学会探索人生的意义，过一个有意义的人生。

在美好的时代 P. 263

没有在黑夜痛哭的人,是不能了悟人生的。

寄语

TCL 集团副总裁兼 TCL 大学执行校长
许芳

　　这些年，我们都遇见过一些人、一些事，遇见过社群和城市。遇见的，不全是美好。而在义林眼中，他却认为："你看满大街都是圣人，满大街的人看你也是圣人。"

　　对于这个快速、多变、模糊、不确定的现实世界，已有过很多的定义：信息时代、互联网时代、大数据时代、人工智能时代……

　　这些定义的由来多是技术发展对人的冲击，继而带来某些不安与焦虑。

　　而《相遇在美好的时代》却在眼花缭乱的变化中，甚至是在种种悲怆不幸中，发掘出了人性的美好，发掘出了生命的美好。

　　遇见美好是基于对美好的向往、发现和追求，是我们的选择和不能被剥夺的自由。请和义林一起，相遇在美好的时代。

华大基因高级副总裁
刘娜

　　在书中，郑秘书长用自己亲身经历的人和事来讲述他对中国民营企业及企业家的观察，他是那种能透过故事去寻找到智慧和生命意义的人，令人赞叹和感动，相信本书会引起奋斗者的共鸣！

深圳电视台公共频道主持人
冯绍劲

　　人世间很多相遇往往是擦肩而过，又或许是蜻蜓点水。义林与深圳这座城市的相遇却产生了强大的化学反应。从十年前开始他遇到的每个人、每件事似乎都是那么奇妙。让我们来一起跟这本书相遇，开启我们自己跟那些人那些城相遇的奇妙旅程吧。

卡酷尚科技董事长、四川绵阳市政协委员
郭晓林

　　生命不在于你活过多少日子，而在于你记住多少日子。
　　深圳是一个充满神奇力量的城市，它给所有努力又有梦想的年轻人成功的机会。这些年，和义林一起学习和进步，闲时喝茶聊天，谈论生活和事业，相互扶持。就如他书中所说，感恩生命中美好的遇见，愿所有的美好都能如期而至。

深圳前海入微出众网络科技有限公司总经理
李记亮

走出去,世界就在眼前。

义林兄将自己的经历见闻、体验感悟、所思所想都融入书中,把自己看到的世界变成文字。翻动书页,字里行间,仿佛眼前就是世界。

相遇之缘,妙不可言,如花开半看,酒至微醺。读到书中相遇美好的章节片断,不由让人心生向往,念念不忘。

15小时场合服饰创始人
马晓翔

身为博商会秘书长的郑义林,用十年的时间与博商会一同成长。从最初的构建到博商会的发展、从名不见经传的小商会到南方地区极具影响力的、拥有两万多名中小企业家的大规模商协会组织。他历经了建设中的所有组织构成、资源对接、名人大咖对话、商协会影响力的构建、创新模式的尝试,等等。这么多的经历和资源,都转化为他开启文学创作的原动力。用他年轻的视角、丰富的经历、细腻的文笔,向我们展示着他眼中的美好时代。

在美好的时代

博商会澳洲分会会长
李凌

　　博商会是一个近两万会员的企业家社群。义林作为秘书长，他的工作是繁琐辛苦的。他经常必须出席种种晚宴，但是他从来不去晚宴下半场的卡拉OK，总是坚持读书，即使在国际旅行中，他也是在读书。在这纷纷扰扰的环境中，他保有一份难得的初心和冷静。

　　他总是利用周末的晚上进行写作，他认为写作可以促进思考。作为企业家社群一个近距离的观察者，他也保有一种难得的文人情怀和悲悯。在这个追名逐利的浮躁社会里，他能坚持写作这项让内心充实和有价值的事，而非为名利所累，这种态度实为难能可贵！

东莞市志达投资集团总裁、东莞市政协委员
丁茜

　　人生总是在不停地相遇和告别中渐行渐远。那些身影，那些面容，那些久远而深刻的记忆，都刻进了脑海，渗入了每寸肌肤。在某个该回忆和怀念的时候，我们重新唤醒那些心底的珍藏，就像回味一部能够让你体会人生百态的电影。

　　在一次次相遇中的故事中，作者用他的经历和智慧娓娓道来，坦诚又美好，实属难得。

深圳众为兴技术股份有限公司总经理
张芮菊

  当收到《相遇在美好的时代》一书的电子版的时候，我就迫不及待地翻阅起来，也许是这题目深深地吸引了我吧！看了目录后更有一种要赶快读下去的冲动。很想知道，他到底遇见了什么样的人，这些人背后又是一个什么的故事，这些成功的企业家又是如何成功的，等等。看完之后，让我更深地了解了香港、深圳等大城市的发展变化，以及各地文化特色，也让我学到了成功企业家的创业精神！

深圳资深媒体人、原《深圳晚报》"深圳商帮"主编
李昌亮

  有一句话叫：世界的样子，就是你眼中的样子。心怀感恩的人，眼中处处有贵人。义林不断感恩，便不断地吸引贵人帮助自己，形成了一种人生的正向循环。所以他眼中的世界，就是处处与贵人相遇的美好时代。